講談社文庫

# 嶽神列伝《がくじんれつでん》　逆渡《さかわた》り

長谷川 卓

講談社

# 目次

# 嶽神列伝　逆渡り

# 第一章　戦働《いくさばたら》き

一

野鼠《のねずみ》は先を急いでいた。

数日前から、峠に兵が集まっている。兵が集まると、血が流れ、餌《えさ》にありつけることを野鼠は知っていた。

脚を速めた。目の前に枯れ枝が落ちていた。ひょい、と飛び越えた。

と同時に、硬いものが胴を摑《つか》んだ。身動きが取れない。身体《からだ》が宙に引き上げられている。脚の下から、地面が離れていく。

野鼠は叫んだ。声を限りに鳴き叫び、足搔《あが》いた。無駄だった。ぐんぐんと、木立が、森が、小さくなっていく。野鼠は顔を起こし、己を捕えたものを見た。淡い黄褐色の腹が見えた。ノスリだった。音高く、羽ばたいている。

相手がノスリでは、助かる術《すべ》はなかった。野鼠は、己の運命を悟った。

獲《と》ったか、と月草《つきくさ》は空を見上げた。ノスリが野鼠を摑んで飛び去っていった。ご馳走だな。

碓氷峠《うすいとうげ》まで一里を切ったところだった。

先頭を歩いていた小頭《こがしら》の梶《かじ》が、片手を斜め後ろに伸ばし、後続の者を押し留《とど》めた。

月草らは、黙って足を止めた。

二十間（約三十六メートル）程離れた藪《やぶ》の向こうに、人の気配があった。少なくとも十人以上はいる。月草らは、十二人。数の上では、伯仲している。月草らは、刃渡り八寸（約二十四センチ）の山刀を素早く引き抜いた。

山刀の柄《つか》は筒状になっている。柄に杖《つえ》を差し込むと、襟許《えりもと》から太めの楊枝《ようじ》を取り出し、目釘孔《あな》に刺した。山刀と杖が、見る間に手槍と化した。

人影の動く気配はない。月草らの様子を窺《うかが》っている。

梶が、指笛《ゆびぶえ》を吹いた。短く、長く、短く短く、長く。それが、山の者・四三衆《しそうしゅう》の印だった。

四三衆は、五、六年置きに山を渡る渡りの民である。四三は北斗の七ツ星のことで、この星を目印として渡るところから、自らを四三衆と名乗っていた。

直《ただ》ちに指笛が返ってきた。長く、短く、長く、短く。同じ渡りの木面衆《きおもてしゅう》だと知れた。だが、何かあってからでは遅い。用心のため、梶一人がそっと木の間から姿を晒《さら》した。

木面衆も一人が姿を現し、一方を指さした。この先で落ち合おう、と言っているのだ。

離れたところでは大声を上げず、指で意図を告げる。山の者の遣《や》り方だった。

「どうやら、行き先は同じらしいですね」と梶が月草に言った。

四三衆が向かっていたのは、碓氷峠に陣を張っている関東管領《かんれい》・上杉憲政《うえすぎのりまさ》麾下《か》の軍であった。今回の雇い主は、関東管領だった。

上杉軍は、甲斐《かい》の武田晴信《たけだはるのぶ》軍に包囲されている北佐久《きたさく》・志賀城《しがじょう》の要請を受け、後詰《ごづ》め（援軍）として赴いて来たのである。

四三衆ら山の者の役割は、戦うことではなかった。傷兵らの傷の手当と救出、重臣に限られたことだが、戦場《いくさば》からの死体の搬出である。山の者は薬草などに詳しく、里者よりも金瘡《きんそう》の治療に長《た》けていたからだった。

武将の中には、医術を心得た僧、僧医を抱えている者もいたが、僧医が診《み》るのは主に重臣で、僧医の手が回らない者の傷は山の者に割り当てられた。その場合でも、雑兵《ぞうひょう》は後回しにし、家柄の良い武者を優先することが求められた。いずれにせよ、兵の数に比べて医術の心得のある者は圧倒的に少なく、負傷した多くの兵は、自らの知恵で命を拾い、戦場から帰還しなければならなかった。

多くの場合、武将が山の者を駆り出すのは、山城への兵糧《ひょうろう》の輸送のためである。だが、兵力に差があり、勝ち戦を確信している時は、このような仕事がきた。負け戦では、傷を負った者を案ずる余裕などない。

山の者に支払われる金の粒や砂金は、蓄えとして貴重である上に、塩や米にも換え易《やす》かった。四三衆は、断る理由がない限り、仕事を受けた。

月草が木面衆と会うのは、六年振りになる。木面衆は十五人いた。懐かしい顔が幾つか見えた。

「これは、これは」と木面衆の小頭・五ノ目《ごのめ》が、月草に気付いて言った。「まさか、叔父貴《おじき》がおられるとは」

山の者は、他の集落の者であろうとも、年上の者を叔父貴と呼んだ。

月草は五十七歳であった。梶が三十五歳。他の者は、概《おおむ》ね二十代の後半から三十代の前半で、年若は一人十九歳の楡《にれ》がいるだけだった。木面衆も、ほぼ同様である。一人月草が飛び抜けて年を取っていた。

四三衆もそうだったが、渡りを行なう集落の多くは、六十になると、渡りや新たな山での暮らしに耐えられないからと、渡りに発つ時、年が達した者を置き去りにした。その六十を僅か三年後に迎える者が、《戦働き》に出るなど、山の者の習いにはないことだった。五ノ目が驚いた訳も、そこにあった。

「よい機会だから、若い者に知っていることを教えておこうと思ってな」

集落を束ねる長役《おさやく》の束《たば》ね以外の者は、五十五歳を最後にあらゆる役目から離れなければならなかった。月草も、五十五までは長年小頭を務めてきていた。小頭の梶にしてみれば、そのような者を下に置かねばならないのだ。やりにくいこともあるだろうから、と、この《戦働き》に加わるのは遠慮しようかと思ったこともあった。が、梶は快く受け入れてくれた。

「それならば」と五ノ目が、後ろにいた若い男を呼び寄せた。「もし、そのようなゆとりがあれば、ですが、この者にも話を聞かせてやっていただけませんか。なまじ、慣れ親しんだ俺たちが話すより、身に染《し》みて聞くと思いますので」

若い男が頭を下げた。名を、三ツ根《みつね》と言った。

断る理由はない。引き受けた。どうせ陣に着いても、戦が始まるまでは、山の者は山の者同士、一緒に隅《すみ》に留め置かれるのである。

木面衆が先に立って、碓氷峠に向かった。

五ノ目が藪を抜け、峠に至る街道に出た。上杉軍に姿を見せることで、敵対する者ではないと知らせているのだ。四三衆も後に続いた。

「来ませんね」と梶が、背伸びするようにして言った。

本陣に続く道を、山の者然とした風体の者が二十七人も、列をなして進んで来るのである。直《す》ぐに見張りが飛んで来て、誰何《すいか》して然《しか》るべきだったが、その影もない。

「上杉の数は？」月草が訊《き》いた。

「およそ二万と聞いています」

「武田は？」

「志賀城の包囲に二千。残る五千がこちらに向かうのでは、と思われますが」

「五千対二万か。順当にいけば、勝ちは見えているが、戦は戦だからな。上杉が油断し過ぎていなければいいんだが」

微《かす》かな不安が胸中を掠《かす》めた。

「やっと、気付いたようです」

梶の目が向いた先を見た。陣笠に胴丸を付けた足軽が、埃《ほこり》を立てながら鎧兜《よろいかぶと》の武者に走り寄り、知らせている。鎧兜が、こちらを見て何か怒鳴った。鎧兜どもが、物陰から数名現れた。腰を下ろして休んでいたらしい。鎧兜どもが、足軽を従えて走って来た。

先頭にいた五ノ目の許に梶が走り、並んで来意を告げている。

「叔父貴」と、檎が脇に来て小声で言った。「いつも、こんな具合なのですか」

初めて戦場にやって来た年若い目にも、軍の弛《たる》みが見えたのだろう。

「上杉軍は、寄せ集めだからな。こんなものかもしれん」

志賀城が落ちれば上州も危ないから、と上州の武将らを関東管領の名で掻《か》き集めた軍である。一枚岩とは言い難かった。

「ここで待つように、とのことだ」戻って来た梶が、皆に伝えた。「今、知らせの者が、荒子八郎兵衛《あらこはちろべえ》様の許に走っている。そのうちに荒子様が来られるだろう。それまでは、動いてはならぬそうだ」

叔父貴、と梶が言った。木面衆も同じ荒子様に呼ばれておりました。

荒子八郎兵衛は軍《いくさ》奉行配下の組頭であった。元四三衆で、今は里に暮らしている蔦《つた》が、荒子を山へ案内したことがあり、その繋《つな》がりからもたらされた仕事だった。

蔦のように山の暮らしを捨て、里での暮らしを選んだ者は、里に居着いた者として五木《いつき》と呼ばれた。山では手に入らぬ、塩や米などの調達係となることで、抜けることを許される場合が多かった。

一刻（約二時間）が過ぎても荒子八郎兵衛は現れなかった。

更に半刻程経った時、荒子配下の者が現れ、付いて来るように、と言い、先に立った。

上州勢の陣を迂回《うかい》するようにして本陣を横切ることになった。

幔幕《まんまく》の中から、笑い声や怒鳴り合う声が聞こえてきた。足軽どもが、薪《たきぎ》にするために枯れ枝を集め、立木《たちき》を倒している。具足の整っている者もいれば、半裸の者もおり、中にはもう博打《ばくち》を打ち始めている者もいた。

驚き呆《あき》れて見詰めている楡と目の合った一人が、楡を睨《にら》み返すと、竹筒のものを咽喉《のど》に流し込んだ。

「あれは酒だ」

「えっ」

「姫飯《ひめいい》を腹一杯食って、金目のものを盗むためにだけ来ている輩《やから》だからな」

姫飯は釜で炊《た》いた柔らかな飯のことで、甑《こしき》で蒸し炊《かし》いだ飯を強飯《こわめし》と言った。

「追い出してしまえば良いではないですか」

「ところが、そのような者どもは、上手《うま》く使うと思わぬ働きをすることがあるのだ。戦は人使いの戦いとも言えるかもしれん」

三つの陣を越えた外れが、山の者に与えられた露営地だった。

「ここで待て」案内の兵が木立に消えた。

兵と入れ替わりに、先着していた谷衆の束ね・伊作《いさく》が現れた。谷衆《せこしゅう》は先代の束ねが病没し、代が代わった。その挨拶を兼ね、束ね自ら《戦働き》に加わったのだろう。

谷衆は、里近くの谷を選んで渡るので、里との繋がりが深く、国情についてよく知っていた。

「武田晴信は、父親を駿府《すんぷ》に追放したような男だから、何をしてくるか分からん。兵の数ではこちらに分があるが、烏合《うごう》の衆だ。勝てぬかもしれん。いつでも逃げられるようにしておいた方が得策だぞ」

伊作は、これは土産《みやげ》だ、と言って四三衆と木面衆に、杉の葉を一抱え程も置いていった。焚《た》けば、蚊遣《かや》りや虫除《むしよ》けになる。

谷衆の露営地は隣接しており、杉の林はない。陣に来る途中で刈り取ってきたことになる。梶と五ノ目が礼を言い、月草らも倣《なら》った。

割り当てられたところは、どのように使おうと、《戦働き》を請けた者の勝手となっていた。

月草らは、伐《き》るのに手頃な木を探した。一間（約一・八メートル）程離れて立ち並んでいる木楢《こなら》があった。枝の張り出し具合を見た。太さも、両の掌で握れるぐらいである。

「よし、これにしよう」梶が決めた。

皆で下草を刈り終えたところで、月草が椈を手招きした。

「倒すぞ」

《戦働き》が三度目になる栃《とち》と海棠《かいどう》に、手本を見せてやるように言った。

海棠は木の鞘《さや》に納め背帯に差していた長鉈《ながなた》を抜いた。刃渡り一尺七寸（約五十一・五センチ）になる長いものだ。肉厚の刃は、切っ先に向かって、ゆったりと逆《く》の字に曲がっている。

海棠は、長鉈を幹に叩き付けた。地上五尺（約一・五メートル）程の高さである。

「ここで折る。折れたら下に張り出た枝を伐る。先をまた同じ長さで折る。草庵の柱と梁《はり》になるだろう。屋根は伐った枝をのせるだけだ。やってみろ」

楡が長鉈を振った。瞬《また》く間に木の中程まで削れた。

「折るから代われ」

栃が、切れ込みを入れた裏に長鉈の一撃を見舞った。木がめりめりと音を立てて折れた。

「折口から潜って枝を払うぞ」

栃が入った。楡が続いた。

その間に海棠が木の先端を持ち上げ、先から五尺の辺りに長鉈を入れ、折り曲げた。余分な枝を伐り取り、屋根になるところに放り上げている。後は、中で杉の葉を燻《いぶ》して虫除けをし、寝莫蓙《ねござ》を敷き、渋紙を縫い込んだ引き回しを被《かぶ》って眠ればいい。一人か二人の行《こう》ならば、引き回しだけで十分だったが、陣中は泥棒の巣である。他の者らとは、隔絶しておく必要があった。

向かい合っている、もう一方の塒《ねぐら》作りも進んでいた。梶が率いる六名と、月草が率いる六名の二手に分かれて眠るのだ。戦場に出たら、この二手で回り、治療と救出を行うのである。

四人の兵を連れ、甲冑《かっちゅう》に身を固めた武者が近付いて来た。兵たちは大きな布袋を担《かつ》いでいる。気付いた梶が、月草に囁《ささや》いた。

「荒子様です」

出迎えた梶が、荒子の問いに答え、木面衆と谷衆の露営地を指さしている。

話がある。来てくれ。荒子の声が微かに聞こえた。梶が、月草に頷《うなず》いてみせた。

兵たちが布袋を月草の前に並べた。一つを手に取った。ずしりと重い。

「今夜と明日の兵糧だ。飯を炊くのは、これから半刻の間。水は」と言い、一方を指さした。「この方角に行くと、岩盤の剝《む》き出た崖《がけ》がある。そこに水が湧いている」

月草が方角を確かめているうちに、兵たちは駆け去ってしまった。

陣中での炊飯は全兵が一度に炊くのではなく、幾つかに分かれて行われた。数が少なければ見張る者と炊飯する者の二つに、多ければ煙の出を考慮して三交替になった。

袋を塒の前に置き、中身を改めた。

米が一人一升、木桶に入った味噌が十二人で二合四勺、炭火で焼き固められた堅塩《かたしお》が一合二勺入っていた。

「炊くか」

「すごいな」

榧が目を輝かせた。

二

白い飯を食べるのは、昨年十一月の《山祭り》以来のことになる。いつもは蕎麦《そば》の実か粟《あわ》か稗《ひえ》で、それも粥《かゆ》か雑炊《ぞうすい》にしたものだった。

あちこちで炊飯の煙が上がり始めている。

栃が楡ら三人を伴い、水を汲みに出掛けた。陣中での喧嘩沙汰は斬首と決まっていたが、それでも水場などではいざこざが起こった。その時のためにも、人数は必要だった。

栃らの戻りに合わせて鍋を二つ並べて火に掛け、白い飯に焼き味噌の夕餉《ゆうげ》の支度に入った。

焼き味噌は支給された味噌を杓子《しゃもじ》に塗り伸ばし、焼くだけである。飯が炊ければ支度は調う。杓子や盛り付ける椀は籠《かご》に入れて持ってきている。

鍋が吹き始めた頃に、梶が戻って来た。梶はぐるりを見回し、顔触れが揃っているのを確かめると、ご依頼があった、と言った。

「人探しだ」

七日前、物見として八名の者が出たが、行方が分からなくなった。その者らに混じって、志賀城に籠城中の上州菅原《すがはら》城主・高田憲頼《たかだのりより》様御血筋の御方が同行していた。御血筋を助け出すか、御命なき時は亡骸《なきがら》を見付け出したい。総大将・金井秀景《かないひでかげ》様の意を受け、三日前に五名の者が捜索に出たが、それらの者も帰って来ない。

「そこで、俺たちにお鉢が回ってきた。僧医の方々とともに戦場に出た折、探してほしい、ということだ」

名は、高田新九郎頼近《しんくろうよりちか》様。二十二歳。新九郎様の顔を見知っている者が俺たちにも配されるらしい。だが、新九郎様は、百姓姿に身をやつされている上、お姿が見えなくなって七日になる。万一の時は、外見では分からなくなっているかもしれん。その時、見極める方法は、唯一つ。

「新九郎様ならば、御名を記した摩利支天《まりしてん》の尊図をどこかに忍ばせているという話だ」

「物見に出て、間もなく殺された、とも考えられるのですね」月草が訊いた。

「十中八九は、そうでしょう」

死んで七日を経た死骸《しがい》がどうなるか。蛆《うじ》に覆われているどころか、食い尽くされているかもしれない。人の身体が朽ち果てていく様を見せるのも、若い楡には必要ではあるが、気の重いことでもあった。

「お呼びはいつになるのですか」海棠が梶に訊いた。

「まだ陣に着到していない方々もあるとかで、二、三日はここに留まるかもしれんそうだ」

「上杉軍は、ここに陣を張って幾日になるのだろうか」月草が梶に訊いた。

「七日、だそうです」

「ということは、物見を出してから、まったく動いていない訳か」

「そうなります……」梶が答えて黙った。月草も黙った。

三日も動かずにいると、馬の脚は血が下がり、筋が硬直してしまう。突然の出陣には対応出来ないかもしれない。皆の顔に浮かんだ不安を吹き飛ばすように、梶が言った。

「前金をもらったぞ」

五木の蔦が条件として取り決めておいてくれたことだった。戦はどう転ぶか分からない。前金として半金をもらっておかなければ、取り損なうことになるかもしれないからだった。

「これで、只働きはなくなった訳か」

「そうです」

「ということは、後は飯をたらふく食らって、お呼びが掛かるのを待ってりゃいいんですね」栃が弾《はず》んだ声を上げた。

「喜ぶな」月草が笑いながら言った。その声に安堵《あんど》したのか、栃が頭を掻き、おどけて見せた。

飯が炊けた。何事もなくとも、陣中での飯は手早く済ませなければならない。六人で一つの鍋を取り巻いて、味噌を焼き終えた杓子で飯を椀に盛り付け、ものも言わずに頬張った。飯は柔らかく甘く、焼き味噌さえあれば、いくらでもいけた。楡が瞬く間に平らげ、盛り直している。

「若いな」月草が言った。

「腹が裂けるまで食え。食い終えたら、日のあるうちに荷を分けるぞ」飯を頬張りながら、梶が言った。

荷とは、来る途次に採った血止め草と蓬《よもぎ》の葉のことであった。これらを籠に詰め、若い楡が背負ってきていた。

血止め草も、蓬も、傷口に貼ると血止めの効果があった。血止め草は茎や葉の絞り汁を付けてもよく、蓬はよく嚙むか手で揉んで貼ると、より効いた。

戦場で手傷を負った者を見付けた時は、傷口を縫うか、それらの薬草を貼り、布で縛るのである。だが、縫うか薬草で間に合う程度の傷の者は少なく、殆《ほとん》どの者は見殺しにするか、せいぜい縛って血止めをするのが関の山であった。傷口を縛る布は、手傷を負っている当人の着衣か死骸の着衣を裂いて使った。

夕餉を終えると、渋紙に薬草を広げ、十二に割った。後は各自が布袋に入れ、持ち歩くのである。

「呼び出しがない限り、後は寝るだけですか」楡が訊いた。

陣中の朝は早い。丑《うし》の刻《こく》（午前二時）には一番貝が、寅《とら》の刻（午前四時）には二番貝が鳴り、行軍ともなれば寅の刻には出立する。時には敵の夜襲もあれば、風雨に襲われることもある。のんびりと寝ているどころではない。寝られる時に寝ておかなければならなかった。

だが、それにしても、まだ早かった。暮れ残っている日が赤々と見える。

「楡、陣中を少し見て回るか」月草が声を掛けた。

「行きます」楡が跳《は》ねるようにして立ち上がった。

木面衆の露営地に寄り、三ツ根を加えた。

山の者に割り当てられた場所を出ると、足軽どもが一定の間を空けて三、四人か五、六人ずつ固まっていた。仲間同士で飯を炊き、寝るのである。

「一ヵ所に集めておけばよいものを、どうしてばらばらなんですか」楡が小声で訊いた。

「同じ足軽でも、領地の村から掻き集められた者とか、腕貸しで集まってきた盗っ人とか溢《あぶ》れ者だとか、出所《でどころ》が違うからだ」

「盗っ人……ですか。そのような者が、多いのですか」三ツ根だった。

「奴らの面《つら》を見てみろ。どう見える？」

楡と三ツ根が、辺りの藪陰を見回した。

「あまり良い人相とは言えませんね」楡が言った。

「怯《おび》えているようにも見えません」三ツ根が答えた。

「それはな、奴らが戦場を金稼ぎの場と思っているからだ」どうして、と月草が二人に訊いた。「戦場に山の者が駆り出されるか、分かるか。戦うのでもなく、傷の手当のためだけに」

足軽が信じられぬからだ。月草は、足軽どもの脇を擦り抜けると、続けた。

「百姓にしてみれば、田畑を荒らされた上に、駆り出されているのだ。痛手を取り戻そうと必死だ。血だろうが、死体だろうが、まったく意に介さない。死体から金品を奪うどころか、味方でも構わず殺す。盗っ人や溢《あぶ》れ者上がりの足軽には、端《はな》から敵も味方もない。金を持っているか、いないか、だ。だから、御領主様にしてみれば、危なっかしくて、とても傷の手当などには出せない、という訳だ」

「武者は金を持っているのですか」三ツ根が訊いた。

「勿論《もちろん》だ。深傷《ふかで》を負った。そこに敵の武将とか、足軽が来合わせた。戦っても勝ち目はない。そのような時は、己の首代を渡し、見逃してもらうのだ。そのための金でもあるし、万一落武者となった時、領国に戻るための費えでもある。兜の裏や胴丸に付けた鼻紙袋に隠し持っている。およそ武者なら、必ず持っている。それを盗るか、金目の具足を剝《は》ぎ取るのだ」

「では、盗みのために加わっていると？」楡が、辺りを見回した。

「順番を付けるなら、一番目は白い飯を腹一杯食うことだろうな。腹が満たされると、欲が出てくる。金か、金目のものを盗む。これが二番目だ。三番目は、勝ち戦に乗じて、敵の領地の女子供を攫《さら》い、連れ帰ることだ」

「連れ帰ってどうするのです？」三ツ根が問うた。

「嫁にするか、土産にするか、奴婢《ぬひ》として人市《ひといち》で売るか、働き手としてこき使うか、そのどれかだ」月草は、事もなげに言い、続けた。「山の者の中に、悪《わる》がいない、という訳ではない。里の者に比べると少ない、というだけだ。それと、山の者は薬草に詳しく、適切な手当をするという評判が立ち、それが御領主様の間に広まったからだろう。お蔭で、俺たちも白い飯にありつける、という訳だ」

「手当など、出来ませんが……」三ツ根が言った。

「俺も、出来ません……」楡が言った。

「場数を踏めば、出来るようになる。俺がそうだった。まず、見る。そして真似る。それからだ、何でもな」

得心がいったのか、二人が揃って頷いた。月草が二人に訊いた。

「人が死ぬところを見たことがあるか」

二人とも、年を取った仲間の死を見たことはあった。怪我で死んだ者もあったが、ほんの二、三人だった。

「戦場では、目の前で立て続けに起こる。地獄を覗《のぞ》くようなものだ。おまえたち二人がここに連れて来られたのも、戦場での死とはどういうものか、見せるためだ。これから、あまりにも呆気《あっけ》ない死を腐る程見ることになるだろう。その一方で、生き抜こうとする命の強さに驚くこともあるだろう。山の民に生まれたからには、《戦働き》

は避けられない。《戦働き》に出る度《たび》に、人は変わる。見てはいけないものを見るからだ。だが、二人とも、目を背《そむ》けるな」

楡と三ツ根が、顔を見合わせている。

日が落ちようとしていた。山の端《は》が微かに暮れ残っているだけである。

「帰るか」月草が言った。


上杉軍に動く気配はまったくなかった。
二、三日留まるという話は、どうやら現実のものになりそうだった。
「叔父貴」と梶が言った。「大丈夫ですかね？」

上杉軍が馬を走らせているようには見受けられなかった。四三衆が参陣したのは昨日だったが、上杉軍は既に八日も動かずにいる。馬の脚の血は下がり切っているはずだった。

「俺たちが案じても始まらんだろう」楡の名を呼んだ。「一回り、するか」

「三ツ根に声を掛けてやりますか」

「今日はいいだろう。あちらにはあちらのすることが、あるかもしれないからな」

月草は楡と二人で、昨日とは別の方へと出た。

鍋で黐《もち》の木の葉を煎《せん》じている足軽が目に留まった。

細く切った長い布を鍋に浸《ひた》しては乾かしている。

「寄るぞ」楡に言い、足軽に話し掛けた。「そりゃ、黐の木だかね？」

「そだ」足軽は、枝の先に布を絡ませて鍋から引き上げると、立木の枝に掛け、干してあった別の布を枝に引っ掛け、鍋に浸している。

「手傷を負うた時、この布で縛ると、よく効くんだ」月草は、楡を振り返って言った。

「よく知ってんでねっか。これくらいやらんと、うっくたばっちまうぞ」

「戦場《いくさば》ぁには、よっく出られるんですかいの？」

「飯ぃが食えるけえの」

こちらも同じだ、と言い、月草と楡は更に先へ進んだ。

「武者の中には、黐の木の煎じ薬を紙に浸して乾かしたものを持って来ている者もある。手傷を負うたら、紙を貼り、布で縛るのだ」

「薬草の在り処《あか》が分からない時には、いいですね」

「知恵だな」

木の間越しに褌姿《ふんどしすがた》の男どもが見えた。

声を抑えて笑いながら、順繰りに何かを放っている。

「博打だ。何を賭けていると思う？」

「金ですか」

「いや、まだ持っていない」

「まさか、米とか……」

「そうだ。米に味噌に塩。お貸し具足や刀などを賭けるのだ」

「負けたら？」

「戦場で相手を殺して奪うんだな。褌一丁で出て行き、帰りは立派な具足を身に着けて帰って来た、なんて話も聞いたことがある」

見るか。楡に訊いた。

「はい」

月草らに気付き、足軽どもが動きを止めた。白褌と黒褌と鉢巻きの三人であった。

月草が歩み寄りながら訊いた。

「ちいっとばっかし、見してもらえっかな」

「遠くから見られっより、よっぽど増《ま》しだべし。近くにうっ来るべい」

「そりゃ、ありがとさんで」

「山んもんかい？」

「そだっす。きのう、着いたで」

「ならば、金はあるべい？」

「ありゃせん。まだもろうておらんけに」

「か」『そうか』の『か』だった。

「だ」『そうだ』の『だ』で答えた。

「か？」『やるか？』と訊かれたのだ。

「ね」『やらね』と答えた。

顔をしかめ、足軽どもが博打を再開した。的《まと》を決め、そこに向かって小石を投げる。的に当たった者が勝ちという賭けだった。

暫《しばら》く見て、離れた。

「すごいですね」楡が言った。

「あれくらい逞《たくま》しい者でなければ、生き残れないのかもしれないな」

「いいえ、叔父貴が、です。相手に合わせて話し方を変えるなんて、驚きました」

「これも、慣れだ。似たような話し方をせんと、容易に馴染《なじ》まぬ者もいるからな。陣中を歩き回っている間に、身に付いただけだ」

俺は五十七だぞ、何度《戦働き》に出たと思うのだ。言ってから月草は、これまでの年月の長さを思った。初めての《戦働き》は、楡よりも若い十七の時だった。

「叔父貴」楡が、耳をそばだてている。

「どうした？」

甲冑の擦《こす》れる音と夥《おびただ》しい数の足音が遠くに聞こえた。

「来たのか」

着到が遅れていた兵が来たとなると、いよいよ戦が始まることになる。

月草と楡は、露営地に戻った。

時を同じくして、荒子八郎兵衛に呼び出されていた梶が帰って来た。

「明日、陣を払い、峠を越す。寅の刻には出立だ」梶が言った。

山の者は戦が一段落してからでなければ、戦場には出ない。殿《しんがり》から付いて行くことになる。

「恐らく、小田井原《おたいはら》辺りで武田軍と合戦になるだろう、という話だ。戦場では何が起こるか分からん。叔父貴、若い者を頼みます」

月草の組に配された五人が頭を下げた。楡、栃、海棠がいた。

三

碓氷峠を越え、小田井原の手前の林に陣立てして一刻（約二時間）になる。

小田井原は、街道に沿って開けた原だが、少し街道から分け入れば深い林であった。

原の向こうで土煙が上がっていた。武田軍の先鋒隊なのか、本隊なのかは、月草らには分からない。分かっているのは、敵が確かに、そこにいるということだけだった。

法螺貝《ほらがい》と太鼓がひっきりなしに鳴り響いている。

「はいよ、はいよ」月草らの背後で声がした。

軍奉行配下の足軽の掛け声だった。鍬《くわ》と鋤《すき》を抱え、丸太を担いでいる。隅の方に穴を掘り、二本の丸太を渡し始めた。用便のための厠《かわや》だった。着到と同時に二万の兵のための穴を掘り続けているのだろう。戦闘が長引けば、掘り甲斐もあろうというものだが、瞬く間に勝敗が決するとなると、無駄働きになる。だが、そのようなことは、彼らにとってはどうでもよいのかもしれない。命じられたことをしておきさえすれば、粗相《そそう》にはならなかった。

「もう使えるからの」足軽らは言い置くと、一方を指さし合い、また走り去って行った。

厠には囲いのようなものはない。使う時は葉を毟《むし》って落とし紙にした。お初だから、と早速丸太に跨《また》がった者がいた。

栃と海棠が歯を見せ、楡にも笑うように言っている。

馬の蹄《ひづめ》の音が街道に起こった。陣から陣へと使番《つかいばん》が駆け回っているのだ。背にした母衣《ほろ》が、風を孕《はら》んで膨らんでいる。馬の脚の運びを見た。重い。やはり、筋が強ばっているのだ。

太鼓と法螺貝が鳴り、響動《どよ》めきが起こった。

陣の遥か前方で、土埃が舞い上がった。

「始まったぞ」梶が言った。

土埃が前に進むか後退するかで、おおよその戦況は分かる。土埃の様を見ていた山の者らの許へ、荒子八郎兵衛が配下の者と二人の僧医を伴って現れた。直ちに、三組の山の者が一ヵ所に集められ、それぞれに負傷した兵を乗せる荷車が一台ずつ割り当てられた。二人の僧医にも引き合わされた。

僧医の名は、玄徳《げんとく》に法念《ほうねん》。玄徳は五十歳の手前で、法念は二十代の半《なか》ばに見えた。法念は玄徳の弟子で、医術を習い覚えているところであるらしい。

「御坊《ごぼう》お二人は、谷衆に付いてもらう」

四三衆は十二名、木面衆は十五名。それに対して谷衆は二十名いた。万が一にも、僧医に害が及ばぬよう、人数の多い方に配したのだろう。

「もし、例の縁者殿を見付けた時には、ご存命の時は何、亡くなられていた時は何と、その方らの遣り方で合図を決め、無駄に探し回らずに済むよう、知らせ合い、即刻儂《わし》に知らせてくれ。よいな。それと、鎧武者の亡骸を見付けた時は、必ず陣に連れ帰ってくれ。褒美《ほうび》をとらせることもあろう」

それぞれの山の者に、荒子八郎兵衛配下の武者と高田新九郎の顔の見分けが付く者が配された。

四三衆に割り振られてきたのは、益田《ますだ》藤兵衛《とうべえ》と、高田家の郎党である年若い武者・児玉《こだま》朔太郎《さくたろう》であった。朔太郎は山刀と長鉈に目を留め、見詰めている。

海棠が月草を見た。月草が頷いた。海棠は杖を山刀の柄に差し込み、目釘を打って見せた。

朔太郎が目を見張っている。

「山刀と杖があれば、魚を捌《さば》くことから熊と戦うことまで出来ます」

「実《まこと》ですか」

「ご覧になりますか」

手渡された手槍に見入っている朔太郎を、藤兵衛が横目で見ている。藤兵衛は四十代であろうか、色は日に灼《や》けて黒く、眼窩《がんか》がひどく窪んでいる。

玄徳と法念が、差し出された床几《しょうぎ》に腰を下ろした。

梶と五ノ目と伊作の間で、合図が取り決められている。

これから暫く、戦闘が一段落するまでは待たねばならない。それが、間もなくなのか、数刻先のことなのかは、知る由もなかった。

使番が馬に鞭《むち》をくれ、駆け戻って来た。母衣が盛んに音を立てている。馬から飛び降り、陣に駆け込んだ。

戦況が好ましいものではないのか。喊声《かんせい》は聞こえてこない。再び使番が飛び出して行った。土埃が舞い上がり、こちらに向かって棚引《たなび》き始めた。風の向きが変わったのだ。戦場の声も届くようになった。

負傷して戻って来る兵が見えた。僧医が呼ばれて、陣幕の向こうに消えた。

「数が違う。押されているはずがない」藤兵衛が誰に言うともなく呟《つぶや》いた。

どこかで喊声が上がった。地響きも聞こえてきた。それに呼応するように、別のところからも喊声が上がった。

押し太鼓と懸《かか》り太鼓が津波のように鳴り始めている。陣中からも浮き立つような声が上がった。

藤兵衛が握った拳を突き出し叫んだ。そこだ、押せ。陣中のそこかしこから、同じような声が上がっている。

上杉軍の太鼓と鉦《かね》と法螺貝が遠退《とおの》いていく。武田軍を追い立て、攻めているのだ。

どうだ、とばかりに藤兵衛が、梶を見た。

玄徳と法念が戻った。武田軍の鳴らす引き太鼓が、遠く微かに聞こえた。

荒子八郎兵衛が走り来て、戦場に出るように、と言った。

「頼むぞ」

腰に差した合印《あいじるし》の小旗を確認し、木面衆、谷衆、四三衆の順で陣を後にした。

陣の最前線に、床几に腰を下ろした武者がいた。軍目付だった。戦場で獲った首を見せようと、武者が駆け寄った。軍目付は首を確かめると、配下の者に武者の名を書き付けさせ、慰労の言葉を掛けている。

前を行く木面衆や谷衆に倣《なら》い、四三衆も目礼をして通り過ぎた。陣を抜けた。道の両側には夏草が丈高《たけたか》く生い茂り、その先は深い林となっている。小田井原のただ中である。

木面衆が右手に折れ、木立の中へと入って行った。谷衆は、そのまま真っ直ぐ進んでいる。藤兵衛が左手に進むように、と言った。

「手分けして、三方を調べるぞ」

藤兵衛と朔太郎が先頭に立ち、その後ろに梶と月草が付き、以下二列に分かれた四三衆が荷車を引いて続いた。

一町（約百九メートル）程進んだところに、武者が倒れていた。首筋に矢を射られている。傍らに付き添っていた郎党が、藤兵衛の姿に気付き、慌てて立ち上がった。郎党に見覚えがあったのだろう、藤兵衛が駆け寄り、武者の脇に膝を突いた。

武者は薄目を開けると、歯を見せ、不覚であった、と言った。

藤兵衛は顔色を変え、梶を呼び、

「頼む。何とかしてくれ」嚙み付かんばかりに言った。「此奴《こやつ》は、源二郎《げんじろう》は、幼き頃からの友垣《かが》なのだ」

梶は屈み込むと、首に刺さった矢を見た。右から深々と突き刺さっていた。

藤兵衛が矢に触れた。迸《ほとばし》り出た血が矢を伝い、流れ落ちた。

梶が藤兵衛を制して、月草を見た。

「首筋には太い血の管があります。血の流れ方から見て、恐らく矢は、その間近に刺さっているか、管を傷付けているか、と思われます。手前どもでは手の施《ほどこ》しようがございません」

「ええい、頼りにならぬ。御坊だ、御坊を呼べ」

「それでお気が済むのなら」

「何を」藤兵衛は月草を睨み付け、梶に言った。「何をしている、呼べ」

梶の命を受け、僧医の許《もと》に走ろうとした海棠を源二郎が呼び止めた。

「同じことだ……」

誰がやっても、な。源二郎は大きく口を開けて息を吸い込むと、抜いてくれ、と月草に言った。

「我に運があれば助かる。なければ、死ぬ。それだけの、ことだ。試してくれよう」

源二郎が月草を見上げ、名を問うた。答えた。

「我が命、月草、其《そ》の方に預けた。抜け」

藤兵衛が頷いた。梶も頷いた。郎党を見た。

「お頼みいたします」

「お引き受けする前に、お尋ねしたいことがございます」

郎党に、矢を射られた場所を尋ねた。

「ここです」

「動かしてはいないのですね」

そうだと答えた。矢が飛来した方角を尋ねた。郎党が一方を指さした。

「手分けして、同じ矢を探してくれ」月草が海棠らに命じた。

程なくして、二本の矢が見付かった。

鏃《やじり》の形を見た。柳の葉のような形をしていた。柳葉《やないば》と言われる鏃で、射貫くための征矢《そや》だった。上手くやれば、鏃を残さずに引き抜くことが出来るかもしれない。

月草は源二郎の脇に膝を突くと、竹筒に入れてきた焼酎《しょうちゅう》で首筋の汚れを落とした。日に焼けた皮膚の下に、青い血の管が見えた。

血の管を調べた。矢に触れると血が迸り出るのは、既に血の管が傷付いているからだと思われた。

しかし、このまま手をこまねいて、矢を刺しておく訳にもいかない。いずれは抜かなければ、源二郎の命はない。

「手と足を押さえて下さい」

藤兵衛に郎党、そして海棠や栃らが源二郎の手足を押さえた。月草は焼酎を両手に吹き掛けた。

「では、参ります」

矢の根方を挟むようにして二本の指を当て、そっと矢を摑み、引いてみた。首の肉が矢をしっかりと締め付けている。堅い。

矢を回して、堅く締まっている肉から離したいのだが、それが何をもたらすことになるかを考えると、無理には出来ない。ためらっている月草に、源二郎が言った。

「構わぬ。抜け」

手指に力を込め、ぐいと引いた。肉が引き攣《つ》れるように盛り上がった。首の奥が柔らかく解けた。矢が動いた。そろりと引いた。血糊《ちのり》を付けた矢が、ぬるりと抜けた。

一瞬、血が流れたが、それで止まっている。

「源二郎」藤兵衛が叫んだ。

「おう……」

応えた源二郎の顔が、ふいに歪んだ。

どうした？　問う間もなく、源二郎の首筋から血が噴き出し、辺りを赤く染めた。

全身が激しく震え、血の気の失《う》せた顔が、みるみる青白くなっていった。

「源二郎」

源二郎の見開かれた両眼が、光を失った。

藤兵衛が月草を押し退けるようにして、源二郎の身体を強く揺さぶった。源二郎は、既に事切れていた。

藤兵衛は暫く、源二郎の亡骸を抱き締めていたが、やがて地に寝かせると、帰りに寄る、それまで頼む、と郎党に言い残し、立ち上がった。

「申し訳ありません。力が及びませんでした」月草が詫《わ》びた。

「気にするな」藤兵衛が言った。「天命だ」

梶と月草は掌を合わせ、先に進んだ。

進むにつれ、地に倒れ伏す者の姿が増えた。頭に矢を突き立てた足軽がいた。木にもたれるようにして座り込んでいる。

突然、足軽の目が開いた。藤兵衛や四三衆を見ている。

「おい、分かるか」栃が駆け寄り、尋ねた。

「頭に、矢が……」

足軽の目は怯えに満ちていた。

「口が利《き》ければ、大丈夫だ。芯《しん》に届いていれば、口は利けん。待ってろ。抜いてやる」栃が、梶と月草を見た。

「抜いてやれ」月草が言った。

「俺が？」

「そうだ。今日の俺には、つきがない。任せる」

梶が、やれ、と命じた。

「はい」栃が、ためらいもなく、無造作にすっと矢を抜いた。

月草は、ふっと息を吐いて、栃を見た。どうして、ためらいもせずに抜けるのだ。己の手で人の命を決することに、何も感じないのか。

昔の己を思い返した。どうだったのだ？　確《しか》とした答えは思い浮かんでこなかった。ただ、己が若くないと知らされたような気だけはした。月草は思いを閉じた。

「おら、助かったのか」足軽が、目の前の鏃を見詰め、栃に訊いた。

「そうらしいな」

足軽は思わず大声を発したが、たちまち顔をしかめて頭を抱えた。

「喜ぶのは、後だ」栃は手早く血止め草を傷口に貼り付けると、細く裂いた布で縛った。敵は後退している。今暫くは凝《じ》っとしていろよ。足軽に言い置いている。

「行くぞ」藤兵衛が皆に言った。

木の根が張り出し、薮が行く手を遮《さえぎ》っている。折れて倒れたばかりの木々も散乱していた。荷車を通すのは無理だった。

「もちっと平らなところを行くか」

藤兵衛が朔太郎に言い、開けている方へと迂回した。

木立を抜けると、血潮がにおった。

辺りを見回した。足軽の死骸が六つ、身体を勝手な方向に捩《ね》じ曲げて、息絶えていた。中に頭蓋《ずがい》の半分をなくした死骸があった。飛び散った脳漿《のうしょう》が、草の葉にこびり付いている。においを嗅《か》ぎ付けたのだろう。蝿や小虫が集《たか》っていた。

「……ひどい。なぜ、こんなことに？」楡が荷車の軛《くびき》から手を離し、月草に訊いた。

「石だ。武田の得意技だ」

二尺（約六十一センチ）程の布を半分に折り、石を挟み入れる。腕をぐるぐると回して投げる。《もっこ》と呼ばれる武田軍の投石法だった。

「百十間（約二百メートル）は飛ぶと言われている」

「そんなに」

「それが、雨霰《あめあられ》と空から降って来るのだ。見てみろ」

傍らの倒木を指した。中程で砕けるように折れていた。

「石でやられた跡だ。武田が強いのは、騎馬ではない。石を投げる技があるからだ」

楡が首を振りながら、空を仰いだ。その足許を何かがよぎった。

楡が慌てて飛び退いた。

「鼠だ」栃が小石を鼠に向かって投げ付けた。

「殺し合いの後始末をするのは、人ではない。蛆と、鼠と、山犬だ」月草が言った。墓穴を掘り、埋めている暇《いとま》もなければ、手も足りなかった。死体は打ち捨てるしかない。

「どうして、殺し合うのですか」楡が月草に訊いた。

「武田が理不尽なことをするからだ」藤兵衛が吠《ほ》えるように言った。

「話し合いでは収まらないのですか」

「俺たち山の者も」と月草が言った。「かつては殺し合いをしていた。俺の親の親、祖父母がまだ若い頃のことだ」

「今はしていないじゃないですか。止《や》められるんですね」

「若い男も、女も、たくさん死んでな、老人だけになり、あちこちの集落が潰れた。それでやっと、殺し合ってばかりでは生きられない、と気付いたのだ。無駄な争いをした、となな」

「里の者は、気付かないのですか」

「分かってはいるのだ。だが、分からぬ者もいる。己の領土を広げることしか頭にない者に、道理は通じぬのだ」

藤兵衛は言葉を切ると、つかつかと一つの死骸に近付いた。腰に武田菱の合印を付けている。先兵の足軽だった。藤兵衛は刀を抜くと、無造作に数度刺した。

「そのようなのと戦ううちに、こっちもこうなってしまったのだ。分かるか」

藤兵衛は、刀に血振《ちぶ》りをくれると鞘に納め、無言のうちに歩き出した。月草は目で楡に、行くぞ、と言い、後に続いた。

# 第二章　隠れ里

## 一

木々が重なるように繋っている。

月草らは、伸びている枝を払い、進んだ。

あちこちの根方に兵が倒れていた。皆、既に死んでいる。石の直撃を胸に受け、血の固まりを吐き、息絶えている者もいた。

更に進んで行くと、人の気配がした。十数名の者が騒いでいる。木面衆か谷衆と行き合ってしまったものと思われた。だが、ここは戦場である。闇雲《やみくも》に飛び出す訳にはいかない。梶が指笛を吹いた。返ってきたのは、谷衆の合図だった。

僧医の玄徳と法念が矢を受けた鎧武者《よろいむしゃ》の手当をしていた。抜き取り、焼酎で洗い、蓬《よもぎ》と生薑《しょうが》の粉を振り掛け、布で縛っている。

「敵に気取《けど》られぬよう、目を閉じ、死んだ振りをしていてください。後で参りますので」胸を射られた武者に伊作が伝えている。

武者の傍らに、腸を引き摺《ず》りながら息絶えている者がいた。腸には銀蠅が集《たか》り、虫も取り付いている。

「幼き頃より、儂《わし》に仕えていた者だ……」武者の声は怒りに震えていた。

伊作が片手で拝み、帰りに荷車に乗せると約した。

刀傷の武者がいた。ぱっくりと開いた傷口から血が流れ出ている。

梶が、玄徳に、縫ってもよいか、と尋ねた。

「縫えますか」

「はい」

「では、頼みます。何分、手が足りません」

月草が針と糸を取り出し、傷口に焼酎を掛けた。武者は、うっ、と呻《うめ》くと、歯を食い縛っている。月草が傷口を糸で縫い、血止め草を貼り、布をきつく巻いた。

他に傷は負っていなかった。傷の浅い者と供の者に、深傷の者の面倒を頼むことにした。武者に、九日前に物見に出た者らの姿を見なかったか問うたが、見てはいなかった。奥へと向かうことにした。

半町（約五十五メートル）程行った木の根方で、足軽が転げ回っていた。「どうした？」梶が声を掛けた。

傷口に塩を塗り込んだのだと知れた。焼酎で洗い、陣の方角を教えた。

「きりがないぞ。我らは御血筋を探さねばならぬのだ」と益田藤兵衛が言った。「先を急げ」

「二手に分かれましょうか」梶が訊いた。

「もう少し先だが、小さな崖がある。そこで上に回る者と、下を行く者に分かれよう」

「心得ました」

藪を扱《しご》いて進んで行くと、喚《わめ》き声が聞こえてきた。荒々しい百姓言葉だった。

「痛《いて》え」

「おとなしく木に引っ掴まっとれ。抜いてやるべい」

一人の足軽の、身体と頭を木に縛り付け、もう一人が目に刺さった矢を抜こうとしているところだった。

「待て、待て」叫んだ梶を制して、「行くぞ」と藤兵衛が言った。「此奴どもに時を割《さ》く暇《いとま》はない」

　御血筋を探すことを第一に、という藤兵衛の思いは分かったが、目の前に傷を負った者がいるのだ。怪我の手当を請け負っている四三衆としては、見て見ぬ振りは出来なかった。返答に窮している梶に、

「先に進んでください。傷を診たら、跡を追いますから」月草が言い、列を抜けた。

「手間取るではないぞ」言い捨てて、藤兵衛が歩き出した。

　海棠が、残りましょうか、と目で訊いてきたが、首を横に振り、足軽の傷の具合を診た。

「助けてくれろ」木に縛り付けられている足軽が言った。

「喋るな。頭が動く」

　矢の長さから見て、目玉は貫いているが、頭蓋深くまでは届いていないようだった。深く刺さった時には、矢を抜くまでもなく絶命している場合が多いことを、これまでの《戦働き》で知っていた。

「抜けば、大丈夫だ」

　しかし、鏃《やじり》を残したのでは助からない。

月草は手頃な太さの枝を伐り落とし、足軽に嚙ませると、矢に巻き付けた布で目を押さえ、じわと引き抜いた。

鏃も付いている。

「安心しろ。上手くいった」

だが、足軽は聞いていなかった。気を失っていた。もう一人の足軽に、布でよく縛るように言い置いて、梶らを追った。

荷車を通したため、藪の枝が折れている。跡を辿《たど》るのは容易なことだった。

間もなく木の間の向こうに、梶らの姿が見えた。追い付いたのだ。

急ごうと、足を踏み出した途端、魚が腐ったような異様なにおいが鼻を突いた。一尾や二尾ではない。河床を埋め尽くす程の、大量の魚が腐り切ったような強烈なにおいだ。吐気が込み上げた。

死臭だった。死臭が厚く淀《よど》み、足許《あしもと》に層となって漂っているのだ。

今日の戦で死んだ者たちの身体が、これ程早く腐乱する訳はない。九日前に出立した御血筋を含む物見の者たちの死骸に相違なかった。

樒が振り向き、胃の中のものを吐き出した。次いで、児玉朔太郎が反対側の藪に向かって吐いているのが見えた。

藤兵衛が足許の泥を掬《すく》い、放り投げた。夥《おびただ》しい数の羽音が立った。蝿だ。空が一瞬黒く濁った。

月草は足を速め、皆の横に並んだ。

百姓風体の遺体が五つ。斬られたか、刺されたか、あるいは矢で射られたのか、見分けようがない程腐乱し、蛆《うじ》に塗《まみ》れていた。

「例の、物見の？」

「恐らく、間違いあるまい」

八人で物見に出たのだ。残る三人は、どこか離れたところで朽《く》ちているのだろう。

「御血筋の方は、ここにおられますか」

藤兵衛は、背を向けていた朔太郎の襟を摑むと、見ろ、よく見て探せ、と引き摺り出してきた。

朔太郎が死骸の顔を覗き込んだ。眼窩《がんか》は抉《えぐ》れて洞《ほら》となっており、頬肉は蛆に食われ、歯が剝き出しになっている。

朔太郎が口を押さえて、一人目を見た。違う、と思います。

二人目を見た。間違いなく、違います。

三人目を見た。遺体の胸のところが動いた。

「生きてます」朔太郎が蒼白《そうはく》になって、飛び退いた。

「死んだ者が動くか」藤兵衛が槍の穂先で着物の胸許を開いた。蛆が胸を埋め尽くしていた。

朔太郎がまた吐き出した。その飛沫《しぶき》を受けて、蠅が飛び立った。

「ここにいるのが違うなら、他を探さねばならぬ。吐いている暇はない。四人目をよく見ろ」

藤兵衛が朔太郎の首根っこを押さえて、四人目の遺体の前に屈み込ませた。

「……似て、おられます」

「分からぬのか」

「何分、あまりに、その、お顔が変わっておられるので」

「御血筋ならば、御名を記した摩利支天の尊図を忍ばせておられるということでしたが」梶が言った。

藤兵衛は朔太郎を見た。手が震えている。月草が前に出た。

「着ているものを剝がすしかありません」

月草が、野良着をめくろうとした途端、血に濡れた鼠が飛び出した。血肉を食らっていたのだ。朔太郎が尻餅《しりもち》を突いた。

きぃと鳴いて、薮に潜り込もうとした瞬間を捉え、梶が山刀を投げ付けた。鼠の首が刎《は》ね飛んだ。

藤兵衛が、ふっと感嘆の息を漏らした。

月草の手が動き、野良着の前を開いた。尊図らしきものはなかった。股引《ももひき》の紐を解き、下に下げた。下帯の中にまで蛆は入り込み、蠢《うごめ》いている。

「どうしましょう。下帯を調べますか」

「まさか御尊図を下帯に隠すとは思えぬが」

「では、先に背を見ますか」

「そうだな。そうするか」藤兵衛が、生唾《なまつば》を飲み下しながら答えた。

月草は野良着の袖口と裾《すそ》を持つと、くるりと遺体を裏返した。腕の肉がずるりと剥け、白い骨が剝き出しになった。

月草は構わずに野良着の裾を捲《まく》り上げた。裾の縁に、何かを縫い込んだ跡があった。

「誰か、糸を切ってくれ」

海棠が山刀の切っ先で、縫い糸を引っ掛け、切った。

月草が、そこを手掛かりにして糸を解いた。血潮と腐った体液に塗れた尊図があった。《しんくろ》と書かれていた。

「御血筋に間違いないですな」梶が藤兵衛に言った。

「うむ。これでお役目が果せたぞ。礼を申す」

「合図をします」

「頼む」

梶が、高田新九郎を亡骸で発見した時の合図の指笛を鳴らした。林の二ヵ所から返事があった。

「よし。御亡骸をお連れ申すぞ」

「これを、ですか」

腐乱が激しく、動かすのは困難に思えた。

「命令なのだ。連れ帰るしかあるまい」

「しかし……」

「この有様《ありさま》を口で話しても、どこまで信じてもらえるかは分からぬ。どうせ埋めよ、と言われるのは分かってはいるが、お連れするしかない」

「他の物見の方も、でしょうか」

「頼む」

「分かりました」積め、と梶が言った。

野良着の両袖口と股引の両裾を四人で持ち、一体ずつ荷車に乗せた。

五体の亡骸を荷車に乗せ終えたところで、陣へと向かった。

栃が月草に竹筒の焼酎を振って見せた。

手を洗え、と言っているのだ。血と体液と蛆を潰した汁で、べたべたしていた。掌に受け、丁寧に洗ったが、まだ不快感は残っていた。灰で洗わなければ、においは抜けないが、それでも幾分はすっきりした。礼を言い、栃と楡の後ろに付いた。

荷車が木の根に乗り上げ、大きく揺れた。それに合わせて、片腕がもげて落ちた。栃が拾い上げようと手を伸ばした。その時、空の遥かな高みで、風が鳴った。風は鳴きながら、空を吹き抜けようとしているらしい。栃が目を上げた。

気付いた時には遅かった。石が目の前に迫っていた。

栃の頭が消え、辺りが赤く煙った。栃の胴体が、その場に崩れ落ちた。傍らにいた楡の顔に、胸に、手に、腰に、飛び散った栃の脳漿と、肉と、毛髪が貼り付いている。楡が喚いた。

空を見上げた。無数の黒い点が見えた。黒い点は唸りを上げ、落ちて来る。

「楡」叫んだ。

楡は、血を噴き出して倒れている栃の前で立ち竦《すく》んでいた。

「石だ。隠れろ」

叫ぶと同時に月草は、楡の胸倉を掴んで、近くの木陰に身を寄せた。

幹に当たった石が、木々を次々に薙《な》ぎ倒している。

朔太郎が、太い木の陰に移ろうと身構えているのが見えた。

「待て」

月草の声を無視して、朔太郎が飛び出した。狙い澄ましたかのように、朔太郎の背に、石が吸い込まれた。朔太郎の身体が跳ね、地に落ち、血の固まりを吐いて動かなくなった。

荷車に石が当たった。荷台が傾き、死骸が零《こぼ》れ落ちた。

その死骸に石が落ち、腐肉と蛆を四方に跳ね飛ばした。

林のあちこちから負傷した兵の悲鳴が聞こえてきた。

地面が揺れた。物凄い数の足音だった。

何だ？　問おうとした時、林の奥から湧き出すように、上杉軍の足軽どもが逃げ帰って来た。群れは、悲鳴を上げ、問い掛ける間もなく、月草らの目の前を駆け抜けた。その中の何人かが、降り注ぐ石の餌食《えじき》になり、昏倒した。絶叫と石の立てる轟音に混じって、太鼓が聞こえた。武田軍の叩く太鼓の音だった。

「あれは、敵の押し太鼓だぞ」藤兵衛が叫んだ。「どうなっているんだ？」

「罠《わな》だ。罠だぞ」足軽が、頭から血を噴き出しながら走り過ぎて行った。

「奴らめ、退《ひ》くと見せておびき寄せたのだ」藤兵衛が地団駄《じだんだ》を踏んだ。「まんまと、策に嵌《はま》ったのだ」

月草は空を見上げ、黒い点の薄い方を指さし、逃げよう、と梶に叫んだ。

「退却するぞ。荷車を捨て、続け」藤兵衛が先に立った。

月草は栃の亡骸に駆け寄り、長鉈と山刀を取って梶に見せた。梶は頷くと、亡骸を片手で拝み、藤兵衛の後に続いた。一列になり、樹間を縫うようにして駆けた。幹を砕く石の音が、遠く近く聞こえ、敵の攻め来る声が聞こえた。

「急げ」

先頭で叫んでいた藤兵衛の足が、止まっている。追い付いた月草の鼻を異臭が襲った。またも死臭だった。

「物見の衆だろうか」藤兵衛が呟くように言った。

腐乱し始めたばかりなのか、腹が異様に膨れ上がっているのが見えた。

屍《しかばね》は五体あった。

「恐らく、五日前に探しに出られた方たちでしょう」梶が言った。

藤兵衛は、夢中で死肉を漁っている鼠の背を槍で突き刺し、嫌だ、と言って梶を見た。

「儂《わし》だって、好き好んで戦に加わっている訳ではない。こんな風に朽ち果ててたまるものか」

嫌だ。もう一度叫ぶと、一人で走り出してしまった。

藤兵衛が向かった方に、石が霰《あられ》のように降り注いでいる。やがて石が止《や》むと、矢に代わった。

矢が木立の隙間を抜け、葉を通し、地に刺さった。ぷすぷすと気泡を潰すような音が林を埋めた。

それに合わせて、悲鳴と怒声が林を波のように駆け抜けた。

「俺たちも走るぞ」

空を見ていた梶が言い、再び一列になった。

背後の林から、武田軍の太鼓と鉦《かね》が間近に聞こえてきた。

「首狩りだ。逃げろ」

褌一つに兜を被った足軽が、血糊に濡れた槍を手に、林から駆け出して来た。

博打に耽《ふけ》っていた黒襌だった。黒襌は月草に気付くと、

「何してるだ」と言った。「こんなところにいると、うっ殺されるぞ。逃げるべい」

手招きをして、林の中に消えた。

「首……」絶句する楡らの背を蹴るようにして、走れ、と月草は叫んだ。

「武田は首を狩り集めて、街道に並べるのだ。餌食にされたくなければ、逃げろ」

走った。

途中、矢を背に受けて倒れている藤兵衛の死骸の脇を走り抜け、陣へと駆け戻った。

やっと辿り着いた陣には、軍目付らの影も、上杉軍の本隊の影もなかった。すべて陣を引き払い、逃げてしまっていた。

「何てことだ」梶が吐き捨てた。

「三ツ根は……、どうなったでしょう」楡が怯え切った表情を隠そうともせずに言った。

木面衆や谷衆の姿も見えなかった。石に追われ、逃げ惑っているのだろうか。

「走るしか、ないな」月草が言った。

梶が頷いた。

残された道は、一刻でも早く小田井原から逃げることだけだった。

「行くぞ」

梶を先頭にして、浅間《あさま》の山に向かった。

## 二

半刻（約一時間）程走り続けたところで川に出た。

ここに川が流れていることは、下見の時に調べてあった。

「辺りを見て回れ」梶が命じた。

焚き火の用意を始めた二人と梶を除いた八名が、河原の上《かみ》と下《しも》に分かれた。

怪しい人影はなかった。

「よし」

火が焚かれた。手早く灰を作るための焚き火である。葉や小枝を大量に燃やさなければならない。煙が上がれば、そこに人がいると知らせることになる。危難を招くことでもあったが、身体や着衣に染み付いた死臭を洗い落とすには灰で洗うしかなかった。

　火勢が衰えたところで、焚き火の火床《ほど》を二間（約三・六メートル）脇に移した。元の場所には、灰が残っている。

　手槍と長鉈を手の届くところに置くと、半数の者が着衣をすべて脱ぎ、川の水に漬け、灰を塗《まぶ》して洗い、水に沈めた。次いで、髪と身体に灰を塗り込み、ごしごしと死臭を洗い落とした。

　先の組が河原に洗い物を並べて干している間に、交替して残りの者が洗い始めた。

　空は青く、日は輝いている。乾くのに、それ程の手間は掛からないはずである。危なかったな。

　このような時には軽口の一つも出るものなのだが、栃を失ったことが、皆の口を重くしていた。

　栃の嫁女《よめじょ》に、親兄弟に何と言えばよいのか。苦い思いが、梶の手の動きを鈍らせ、月草の目を川面《かわも》に落とさせていた。

　突然、足音がした。河原の石が踏み蹴られ、跳ねている。百姓だった。

　川上と川下、そして藪の中の三方から、鎌や鋤《すき》を、あるいは刀や槍を手にして、飛び出して来た。総勢二十五名は超えている。四三衆は栃を欠いたことで十一名になっていた。勝ったと見て、脅しに掛かっているのだろう、奇声を発している。

足の運びからも、獲物を狙う目の動きからも、落武者狩りの者どもであることは容易に見て取れた。恐らく、これまで何度も落武者を襲い、命と金品をもぎ取って来たに相違なかった。

「構わん。やれ」梶が言った。

川に浸《つか》っていた六人が、川床から石を摑み取り、立ち上がると同時に川下の百姓どもに投げ付けた。頭に受け、目を回す者もいれば、足に受け、のたうち回っている者もいた。

河原で身体を乾かしていた梶を含めた五人は、石よりも早く長鉈を投じていた。長鉈は一瞬のうちに川上の百姓の首を五つ刎ね、河原に落ちた。血を噴き上げている仲間の脇で、恐怖に目を見開き、小便を漏らした者の腹を、海棠の投じた手槍が刺し貫いた。

五人の者が首なしとなり、六、七人が倒れて転げ回っている。瞬く間に半数に減じたことになる。

「まだ、やるか」梶が残りの百姓どもに声を投げた。

百姓どもは、首を激しく横に振った。

「手出しをせぬと約せば見逃してやる。亡骸を連れ帰り、葬ってやれ」

百姓どもは、死骸をてんでに背負い、早々に逃げ出した。

「移るぞ」梶が言った。

長鉈を取りに、楡ら数人が走った。

数町遡《さかのぼ》った河原で着衣を乾かした後、川を下って宿場に出、塩と米、古着を求めた。

支払いに使った金の小粒に目を付けた者がいたが、こちらの人数を見て、あきらめたのか、姿を消した。人目の多いところに長居すべきではなかった。

宿場を離れ、山に向かった。

歩きの速さに掛けては、里者の及ぶところではない。速度を上げ、浅間の山麓に分け入った。無事に、隠れ里に戻らねばならない。

四三衆は、己らの暮らす集落を隠れ里と言った。今の隠れ里は、三方ヶ峰《みかたがみね》の山麓にあった。隠れ里にはそれぞれ名があり、移る度に、子《ね》、丑《うし》、寅《とら》、と十二支の順に付けられた。今の隠れ里は、申《さる》の里だった。浅間の山麓からだと、その日のうちに帰り着くことが出来たが、死臭が完全に抜けたことを確かめるためにも、山中に一泊することにした。

茸《きのこ》や野草を摘《つ》みながら渓流を渡り、露宿地を決めた。

雨の気配はなかった。草を敷き、引き回しを掛けて寝ればいい。

その前に、日のあるうちに夕餉を済ませなければならない。海棠と榆が、蕎麦の実で雑炊を作り始めた。

榆が摘んで来た滑莧《すべりひゆ》と酢漿草《かたばみ》と雪《ゆき》の下《した》の葉を茹《ゆ》で、水に晒している。半分は味噌で和《あ》え、半分は雑炊に入れるのである。

雑炊には茸がたっぷりと入っている。平茸《ひらたけ》に、初茸《はつたけ》に、乳茸《ちちたけ》。乳茸は傷付けると乳のような液を出すので乳茸と呼ばれており、よい出汁《だし》が出た。月草の好物であった。

「出来ました。どうです？」

椀に盛った雑炊の上に酢漿草の黄色い花弁を散らすという芸の細かさが、海棠らしかった。

全員の椀に雑炊を盛り、最後に残った一椀にもたっぷりと盛り、花弁を飾った。栃の分だった。岩の上に、形見の長鉈と山刀を置き、その前に椀を供えた。周りを皆で囲み、箸を手に取った。

見張りに立っていた者が交替し、鍋が空になった。

梶が木っ端《こっぱ》を山刀で削り、小さな仏像を彫っている。月草は熾《おき》に蓬や杉の葉をくべ、蚊遣りを焚いた。薄く淡い煙が流れていった。

夕餉の始末を終えた榆が、傍らに腰を下ろした。月草は榆に杉の葉を分けると、少しずつ焚くように言った。

「叔父貴」と梶が、手を止めて月草を見た。「気持ちは変わらないんですか」

近くにいた者らが、月草の答えを待っている。

皆と別れ、《逆渡り《さかわた》》に出るつもりなのか、と梶は訊いているのだ。

《逆渡り》――。

生きるために渡るのに対し、仲間との再会を期さず、死に向かって一人で渡ることを、山の者は《逆渡り》と言った。

月草は黙って煙を見詰めた。

四三衆では、六十を迎えた者を次の渡りに加えず、隠れ里に留め置く。言わば、捨てるのだ。五十七歳の月草には、その年になるまで、三年しか残されていない。

己の死の足音が聞こえてきていた。

いざ、そうなると、四年前に亡くなった妻の榧《かや》のことが、しきりと思い出されるようになった。

——もし私が死んだら、この山桜の根方に骨を埋めて下さいね。ここなら、一人でも寂しくないですし。

二十年も前、舞い落ちる桜の花びらを掌に受けながら、椢が言った言葉だった。死の影など、どこにもなかった。笑顔だった。

——何を言ってるんだ。

——お願い……。

——分かった。覚えておく。

——嬉しい……。

その時は、妻の言葉をさして気にも留めなかった。山や里を駆け巡り、山の者としての務めを果すことに夢中だった。椢は他の女子供らとともに、隠れ里でつつがなく暮らしていた。帰りさえすれば、椢はいた。それが当たり前だ、と思っていた。

椢の死を聞いた時も、月草は己が驚く程静かに、その死を受け入れた。急な高熱を発したか、と思ったら、あっと言う間のことだったそうだ。椢の死を涙ながらに伝えてくれた女たちに、月草は、ただ黙って頭を下げていた。

椢の言った山桜のことを考えるようになったのは、己の行く末がはっきりと見えてきてからだった。

あいつのところへ、俺も行くのだ。それも、そう遠くないうちに。

そう思うと、椢との約束を果していないことが、ひどく胸につかえるようになった。

その思いに拍車を掛けたのは、年が明けて夏が来ると、椢が亡くなって五年目になるという事実であった。四三衆の掟では、五年目の命日が来るまでは遺骨を手許に置くことが許されていたが、命日が過ぎると土に返さねばならなかった。月草は、椢の骨を竹筒に入れ、己の小屋に安置していた。

あいつの望みを叶えてやろう。あの山桜の許に行き、椢の墓を守りながら最期の時を迎えよう。それが、あまり構ってやらなかった妻への償いのように思えたのだ。

山桜は、越後国《えちごのくに》に設けた、辰《たつ》の里近くの森の中にあった。

ならば、三年早いが、身体に無理が利くうちに辰の里をめざそう。そう思い定めたのだった。

「叔父貴……」楡が、縋《すが》るような目をして言った。

「もう、決めたことだ」

「束ねが何と仰しゃるか、ですね」海棠が言った。

束ねには、この《戦働き》に出る前に申し出てあった。

若い者に《戦働き》のことを教えるため、という名目を立て、月草が戦場に赴いたのは、留守にしていた方が、束ねらの話し合いがし易かろうという思いからだった。沙汰は、《戦働き》を終えて、中の里に戻った折に聞くことになっていた。

「小草《おぐさ》の叔父貴は何と言っているのですか」

月草には三人の子がいた。男が小草で、女が笹《ささ》と竹《たけ》であった。

小草は三十八歳になっており、子も男の子が二人いた。孫はすくすくと丈夫に育っている。今回の《戦働き》も、小草が後見として行くことになっていたのだが、無理に月草が代わったのだ。小草は、五木を含め、里の者との交渉を一手に引き受けていた。今で言う渉外係である。

「ぎりぎりまでは一緒に暮らしたいようだが、どうやら分かってくれた」

「一度だけ、《逆渡り》を見たことがあります」と梶が言った。「死病を得て離れた、と言っていました。だから、近付くな、と怒られました。まだ俺が楡くらいの頃のことです。《逆渡り》というと、あの時の男を思い出します……」

言い終えた梶が、手彫りの像に、ふっと息を掛けた。細かな木屑《きくず》が飛んだ。

「こんなものでしょう」仏像を前から、後ろから眺めている。

「優しい感じがします」海棠が声を潤ませた。

伸ばした月草の手に、仏像が渡った。

「菩薩《ぼさつ》様か」

「地蔵菩薩のつもりで彫ったのですが」

「万一地獄に堕《お》ちたとしても、この菩薩様が責めを代わりに引き受けてくださるかもしれんな」

「はい」

「栃は死んだ。それは、確かなことだ……」

「……はい」梶が答えた。

「だが、どこかにいる。それも、確かなことのように思うのだ。栃は、今も俺たちを見ているのではないか、とな……」月草は言葉を切り、続けた。「ならば、俺たちは、栃や、死んだ者たちのために動いてやるべきではないか。俺はそんな風に考えるようになった。生きている者が死んだ者にしてやれることは、祈ることだけではないのだ、とな。椢の望んだことを叶えてやりたい。そのために、俺は行くことに決めた」

「昔、何かの折に、叔父貴と大事な約束があるのだ、と楽しそうに椢の叔母が言ってました。何を、と訊いても教えてはくれませんでしたが」梶が言った。

「そうか。そんな話をしていたか……」

「……もう戻れませんし、ここに祀《まつ》りたいのですが」

顔を上げた月草に、梶が菩薩像を目で指した。

「そうしよう。栃も喜んでくれるだろう」

小石を集めて台座を作り、真ん中に地蔵菩薩を立て、皆で掌を合わせた。

どこにいるのか、地虫が小さな鳴き声を立てた。

夜露でうっすらと引き回しが濡れている。

胸許に鼻を寄せ、においを嗅いだ。死臭らしいにおいは抜けていた。

気配に気付いた者が、身体を動かし始めている。それぞれがにおいを嗅いでいるのだろう。

「どうだ?」

「手が少しにおいますので、灰で洗い直してきます」

「子供は敏感だからな。近付かんぞ」

小草と笹、竹に逃げ出された覚えがあった。

「寄って来るのは獣だけだ」梶が言った。「においが抜けるまでは、狩りの囮《おとり》にされちまうぞ。よく洗っておけよ」

手を洗いに走っている海棠の後ろ姿を見ながら、梶が月草に言った。

「叔父貴と《戦働き》に行けたこと、忘れません」

「俺もだ」と答えて、まだ抜ける許しをもらっていないことに気付いたが、敢《あ》えて口にしようとは思わなかった。

梶の彫った地蔵菩薩に別れを告げ、露宿地を後にした。

傷を負った者がいないので、数度の休みを取っただけで、夕刻にはまだ間のある頃合に、中の里から一里（約四キロ）のところへと辿り着いた。

逸速《いちはや》く気付いた里の者らが、手を振っている。中の一人が、里に向かって走った。一人足りないと気付いたのだ。

木立を抜けると、里の入り口だった。束ねの榊《さかき》を先頭に、里に残っていた者たちが集まっていた。総勢六十五名。山の者同士の婿《むこ》取り、嫁取りの末に、これだけの人数に膨れ上がったのだ。

「申し訳ありません」

栃を亡くした梶の謝罪の言葉が、第一声となった。梶は、栃の嫁女に形見の長鉈と山刀を渡し、深く頭を下げた。月草らも倣った。泣き崩れる栃の嫁女を女どもが支え、呆然と立ち尽している二人の子供を男どもが見守っている。

榊が、梶と月草に、大納屋へ入るように促した。隠れ里の中央にある一番大きな小屋だった。ここで、あらゆる話し合いや暮らしに必要な作業が行われた。残る二人の小頭の桑《くわ》と桐《きり》も加わった。

《戦働き》で得た金の粒と土産の品を拝むようにして受け取り、戦場での話を聞き終えると、榊が月草に、前へ出るように言った。申し出のこと、異存はない。

「ただし」と付け加えた。「今、直ぐではない」

「明年にしたら、どうでしょうか」と桐が話を引き取った。

「辰の里は遠く、冬場の雪は深い。何の支障もなく行き着いたとしても、俺たちがあの里を出てから、もう二十年になる。冬を過ごせるようにするには、小屋を建て直すくらいの心構えが要るだろう」

あそこには、と榊が、柘植《つげ》の名を口にした。辰の里に置き去りにした叔父貴の名だった。

「柘植爺《じい》がいた。手先の器用な方であったから、いろいろ手直しをして住まっているかもしれんが、何分年月が経っているからな。どうなっているかは、分からん。随分と傷《いた》んでいる、と思った方がいい」

里は、置き去りにする者がいてもいなくても、小屋を一つだけ残し、他は壊すことになっていた。他の渡りの者たちも、殆ど同じようにしていた。残す小屋は、山を渡る者が難儀にあった時に使えるように、という配慮である。だが、その場所に小屋があるなどとは、他の集落の者は知らないのだから、余程のことがなければ、誰も訪ねては来ない。

月草は、辰の里に残された小屋を、己の終《つい》の住処《すみか》とするつもりだった。

「食べ物のこともあるし、今からでは遅かろう。出立は、明年の晩春とし、それまでゆっくりと支度をしたらどうだ」

「俺たちとしては、いろいろと持たせてやりたいし、別れも惜しみたいのです」桑が言った。

ありがたい言葉だった。《逆渡り》に出たい、と言い出しかねているうちに、時機を逸してしまっていた。確かに、今からでは遅すぎた。束ねや小頭らに礼を言い、皆の気持ちに従う、と応えた。

「それはよかった。実は、な」と榊が、桑と桐の顔を見、月草と梶に言った。「皆が出掛けている間に、すごいものが出来たのだ」

これだ、と言って棚の小箱から、折り畳んだ渋紙を取り出し、広げて見せた。中には、細かく砕いた水晶のような粒が入っていた。

「塩硝《えんしよう》だ。出来たのだ」

「これが」月草と梶が、同時に言った。

「見てみろ」

囲炉裏《いろり》に熾が残っていた。榊は指先で塩硝を摘《つま》み、ぱらぱらと落とした。塩硝は、熾に触れるや否や、弾《はじ》けるように火を噴き上げ、燃え尽きた。

月草と梶は、息を呑《の》んで熾を見詰め、感嘆の声を上げた。

「言われた通りにやってみたら、作れたのだ。こんなものが、俺たちの身体から作れるなんて、今でも信じられんわ」

この年は、種子島に鉄砲と火薬の製法が伝えられた天文十二年（一五四三）の四年後になる。伝来二年後の天文十四年には、泉州《せんしゆう》堺《さかい》や紀州の根来《ねごろ》などで、国産の鉄砲の売買が行われた程であるから、火薬と鉄砲の製造法の伝播《でんぱ》は驚異的なものだった。四三衆に、南に棲《す》む山の者から火薬の製法が伝えられたのは、今から一年半程前のことだった。

半信半疑ながらも、作ることが出来さえすれば、何も危険を冒して《戦働き》に出ずとも、相応の金子《きんす》を得られる、という言葉にのってみたのだ。製法がいとも容易《たやす》かった、というのも惹かれた一因だった。

　雨水の掛からないところに、一間半（約二・七メートル）程の穴を掘り、青葉と土を交互に敷き詰め、小便《ゆばり》のための厠を作る。尿意を催した時は、必ずここで用を足す。塩硝を作るための準備はこれだけだった。後は、塩硝を取り出したくなった時に、土を被せ、上で火を焚き、発酵を促せば、塩硝土が出来た。これを取り出し、水を掛け、染み出してきた液を煮詰めれば、鍋の底に結晶が残る。塩硝の出来上がりである。

「火薬が作れますね」梶が言った。

　塩硝が七、硫黄《いおう》が一つ半、木炭も一つ半、の割合で混ぜれば火薬が出来る。

「作ってみた」

　小さな紙の包みを開いて見せた。黒い粉だった。

　土間に火箸で熾を移すと、上に包みを載せた。間もなくして、細い煙が立ち上ったか、と思った瞬間、ぼんという音を立てて、紙が弾けて四散した。

　響動《どよ》めきが起こった。

「月草」と榊が言った。「これと同じものを作り、餞別《せんべつ》に持たせる。何かの折に、役立ててくれ」

「束ね」月草は手を突き、礼を述べた。

「大仰《おおぎょう》な真似はするな。渋紙に包んで竹筒に入れ、干した蒲《がま》の穂で動かぬようにすれば、どこにでも持ち歩ける。そう言ったのは、笹だ。あれは、賢いな」

「ありがとうございます」

「十分とは言えぬが、笈《おい》一杯持たせるからな」榊が言った。

「米と干飯も、持っていってもらいますよ」桑が言った。

「そんな贅沢は……」

「口答えするな。受けろ」榊が言った。

月草は深く頭を下げた。

「出立は、巣穴を出た熊が落ち着きを見せる頃でしょうか」梶が誰にともなくぽつんと言った。

春も随分と過ぎることになるが、露宿を重ねるのだ。山から雪が消え去るには、春も遅い方がよかった。月草は、里を離れる寂しさに、俄《にわか》に震える思いがした。

# 第三章　耳千切れ

## 一

山の春は木々の根方から始まる。春の日差しを受けた幹が、雪を解かすのだ。そして、若木が雪を撥《は》ね除《の》け、すっくと立ち上がる。

もう数日前から、山のあちこちで若木の撥ねる音がしている。

春だ、と叫びたくなる瞬間だ。小屋から出て来る顔が、皆輝いている。長い冬を無事に過ごせた安堵の思いが溢れていた。

解けた雪が小さな池を作っている。浸すと手が切れそうな程に冷たい水だ。この水溜りがなくなり、若草が萌え始めると、露宿を重ねても、引き回しさえ纏《まと》えば、夜を過ごすことが出来るようになる。渡りに一番相応《ふさわ》しい時だった。

そして四月になった。

出立の日取りは、暦読《れきよ》みの叔母が決めた。

渡りに使う品を入れる笈は、若い衆が作ってくれた。扉を開くと三段に分かれている。下の段には米や塩、味噌や塩漬けにした茸《きのこ》に野草、そして当座の食べ物として干飯《ほしいい》などを収める。中の段には干した薬草を、上の段には榧《かや》の遺骨と、火薬。それと、普段は刺し子一枚だが、冬場はその下に襯衣《したぎ》を着るので、襯衣を幾つか。引き回しも上の段に収めるのだそうだ。それぞれの品物は、枯らして脂を抜いた竹筒に並べて入れる。そのための竹まで用意してくれた。

笈の戸を閉めると、戸を隠す形で鉄鍋が下げられるようになっていた。ずしりと重かったが、皆の気持ちを思うと、心地よい重さだった。

時が来た。

《逆渡り》は、見送らぬのが決まりだった。

一人小屋を出、朝靄《あさもや》に身を隠しながら去る。小草や笹や竹との別れは、疾《と》うに済ませていた。四三衆の皆との別れも、何度も済ませていた。辰の里に置き去りにされた柘植爺の息子からは、万が一にも生きていたら、と文《ふみ》を託されていた。思い残すことはなかった。それでも涙が頬を濡らしたが、振り返らずに、中の里を出た。

後は、歩き続けるだけである。

尾根に上り、地蔵峠《じぞう》に向かった。吹き渡る風に背を押され、足を踏み出す。風が足許を吹き抜けていく。笠が風に騒いだ。笠は、炭の粉を柿渋で溶き、幾重にも塗り重ねたものである。戦場《いくさば》などに出る時は、矢の飛び来る方角を見定めるために被らないが、渡りの時は雨や風除《かぜよ》けの必需品だった。なおも風が吹きつのっている。踏み出す足に力を込めた。

大丈夫だ、と月草は笠に手を掛け、笈の中の榧に話し掛ける。俺が付いている。生きている時には、ついぞ掛けたことのない言葉だった。

地蔵峠に差し掛かった。

どこからか、指笛が聞こえてきた。小草の吹く指笛の音だった。振り向いたが、どこで吹いているのか、小草の姿は見えなかった。

見えぬ小草に指笛を吹いて応えた。達者で暮らせ。

地蔵峠から角間《かくま》峠を抜け、角間渓谷を下り、上州街道に入った。大洞川《おおぼら》を遡るようにして大笹《おおざさ》街道を行く。湯が湧き出す仙仁《せに》の地に、五木《いつき》の蔦《つた》が住んでいた。

上杉軍での《戦働き》を斡旋してくれた礼として、昨年のうちに小頭の梶が蔦の許へ出向いていたが、その折、《逆渡り》の話が出、別れを言いたい旨《むね》の言付けがあった。今生の別れになる。寄り道をすることにしていた。

蔦の歓待を受け、小屋で一夜を過ごし、別れた。

大笹街道のそこかしこに真田《さなだ》の兵が見えた。街道を行くのを止め、宇原《うはら》川を遡り、根子岳《ねこだけ》と四阿山《あずまやさん》の山裾《やますそ》を伝いながら鳥居《とりい》峠へ出ることにした。

いつの間にか雲が張り出してきていた。日中は保《も》っても、夜半には一雨来るかもしれない。雨を避けられるところがあれば、そこでやり過ごした方がいいだろう。先は長いのだ。

森は深かった。日が葉叢《はむら》に遮られ、じめじめとして暗い。もっと山頂に近付くか、裾野《すその》に下りるか、どちらかに決めなければならない。雨のことを考え、下りることにした。

少し下ると、茸や薬草を採りに里人が入って来るのだろう、人の通った気配があった。木の丈が低くなり、空が見えた。足許が乾き、明るい。距離を稼ごうと足を速めた。

藪のどこかで、何かが走った。脚音の重さと速さで正体を探る。山犬か。

山犬ならば、群れを成しているはずである。森の中での遭遇は、死を意味した。早く森を抜けなければならない。手槍を作り、地を蹴った。

四半刻《しはんとき》（約三十分）も走った頃だろうか。山犬の脚跡を見付けた。新しい。数もいる。逃げねば。身を翻《ひるがえ》し、駆け出そうとした時、ふいに血がにおった。

四囲を見回すと、葉に血が付いていた。高さは、人の腰辺りだ。

街道にいた兵と関わりがあるのだろうか。

どうするか。瞬時迷ったが、命がある者ならば、見捨てることは出来ない。

逸《はや》る心を抑え、森を掻き分け、奥に進んだ。武者が倒れていた。肩口と背に、ざっくりとした刀傷があった。血の主《ぬし》に相違なかった。首筋に手を当ててみたが、疾うに息は絶えていた。

もう一人、数間離れたところに、手傷を負っている武者がいた。木に寄り掛かるようにして、手で傷口を押さえ、息を殺して月草を見ていた。

思わず笠を取り、歩み寄ろうとした月草に、木立の陰に隠れていた黒い影が斬り掛かってきた。狩りとなれば、獣《けもの》と駆け引きしながら刃《やいば》を振《ふる》うのが山の者である。獣の動きに比べれば、人の仕掛ける不意打ちなど、生温《なまぬる》いものだった。躱《かわ》して、影の腕を取り、投げ飛ばした。腰を押さえながら、立ち上がろうともがいている。まだ若い。

楡より五つ、六つ年上だろうか。

「待て」と月草が叫んだ。「俺は敵ではない。通りすがりの山の者だ」

「守介《もりすけ》、止めろ」木に寄り掛かっていた武者が若い武者を諫《いさ》め、月草に言った。「追っ手と間《ま》違《ちご》うたのだ。許せ……」

それだけ言うと、苦しげに肩で息をしている。

「何か見なかったか」守介と呼ばれた武者が言った。

「真田の兵が、街道に溢れていましたが」

「殿」守介が、振り返って武者を見た。

「儂は動けぬ。其の方だけ行け」

「そうは参りません」

「急がねば、追い付かれる。二人とも死ぬことになるぞ」

「何としても、お連れいたします」

「この傷だ。動くのは無理だ……」

そうであろう？　と殿と呼ばれた武者が月草に訊いた。

やはり、真田の兵と悶着《もんちゃく》を起こしていたのか。しかし、今はそれどころではない。

「追っ手よりも、恐ろしいものが近くにおります」

「何だ？」守介が訊いた。

「山犬です。どうやら、血のにおいを嗅ぎ付けて集まって来ているようです」

「実《まこと》か……」殿様が言った。

「どうしたら、よいのだ？」守介の顔が歪んだ。

「動けないのですね」

「そうだ……」殿様が答えた。

「担《かつ》げば、どうだ？」守介が訊いた。

「足を狙われます。方法は一つ、街道に下りることですが」

「出来ぬ。捕えられ、殺されるだけだ」

「では、逃げる術はありません。食い殺されるのを待つだけです」

「仲間の者は、近くにおらぬのか」

「残念ですが……」

「儂のことはよい。其の方だけでも逃げろ。逃げて、例のことを皆に伝えてくれ」

「しかし、殿……」

「それ以外にあるまい」

「殿は、いかがなされるのでございますか」

「犬に食い殺される前に、咽喉《のど》を突いて死んでくれるわ」

「何とかならぬか」守介が月草に言った。

「傷を見せていただけますか」

「何を無礼な」守介が気色《けしき》ばんだ。

「構わぬ……」

左腕と脇腹、それに太股に深傷《ふかで》を負っていた。それぞれからかなりの血が流れ出ている。特に脇腹と太股のは、ひどく深かった。きつく布で縛ってあるが、血は止まっていない。縫ったとしても、膏薬《こうやく》を貼ったとしても、手当をすればどうにかなるという傷ではなかった。血の気が引き、顔は土気色《つちけいろ》になっている。既に死相が現れていた。

「左様でございますね……」

月草は辺りを見回した。岩があった。大岩にもたれるように、別の岩が寄り掛かっている。塒《ねぐら》にするには最適であった。背後から襲われる恐れがない。

「お見受けしたところ、お命は保って、精々あと一日、それも危ういかと……」

「何を」守介の額に青筋が奔《はし》った。

「よい、続けよ」

「命が尽きるまで、犬を近付けぬようにすることなら、出来ます」

「そなたが、防いでくれると申すのか」

守介は殿様を見ると、月草に向き直った。

「褒美《ほうび》を求められても、ないぞ」

「要りません。その代わり、手前が逃げる段になりましたら、殿様の亡骸を犬にくれてやり、時を稼がせてもらいます。それでよろしければ、亡くなられるまでお引き受けいたしますが」

「そのようなこと、承知出来るか」守介は、吐き捨てるように言った。

「儂の身体を、餌にして逃げると申すのか……」殿様が脇腹を押さえ、顔をしかめた。「それが、儂の最後の役目か」

「手前も、ここで死ぬ訳には参りませんので、お許しの程を」

「間尺《ましやく》に合わぬな。これまで儂のしてきたことを考えると、山犬の餌で、それも、囮《おとり》の餌で終わるのは、何とも忍び難いものがあるぞ」

「これまでに、生き物を殺したことは？」

「一度や二度ならある。誰でもそうであろう？」

「その生き物は、思いも掛けぬ死に憤《いきどお》っていたとは思われませんか」

「山の者は口が達者だの。知らなかったわ」

「これも定めとお考えになられれば」

「致し方ないか」

「はい。生きたまま食われるよりは増しだ、と」

「増し、か。増し、で食われるのか、この儂が……。そうするしか、ないか」

「殿……」守介が膝《ひざ》でにじり寄った。

「何も言うな」

「……」

肩を震わせている守介に、月草が言った。

「お手伝いいただけますか」

守介が月草を睨み上げた。

「お気持ちは分かりますが、そうしていても、どうにもなりません」

「何をすればよいのだ？」守介は目の縁を拭《ぬぐ》うと、その前に、と言い足した。「其の方、名は何と言う？」

「月草。四三衆の月草と申します」

「身共は、下尾《しもお》守介だ」

月草は、守介に枯れ枝を集めてくるように言い、己は笠と笈を置くと、塒と決めた岩の、周りの下草を刈り始めた。

岩の下に刈った草と枯れ枝を広げ、火を付けた。炎が岩肌を炙《あぶ》り、煙が立ち上がった。岩陰に潜んでいる虫を取り除くためであった。

「追っ手に見付からぬか」

「それよりも、山犬です」

燻《いぶ》っている熾《おき》を草鞋で踏み消し、寝莫蓙に載せた殿様と、息絶えている供の武者を岩の下に移した。

殿様が守介を呼び、懐から書状を取り出している。月草は、二人の側から離れ、薪《たきぎ》を拾い集めた。

守介が脇差を両の手で拝むようにして受け取っている。形見なのだろう。守介は脇差を腰に差すと、殿様に深く一礼してから、殿を頼む、と月草に一言言い残して森を下って行った。しっかりとした足取りだった。真田の追っ手に見付からなければ、逃げ延びられるかもしれない。

殿様は目を閉じ、凝《じ》っとしている。月草は再び薪や木の枝を集めて回った。山と積み終えてから、周囲に目を配った。

山犬どもが襲って来るとしたら、こっちからか。蔓《つる》を取り、立木《たちき》に縛り、罠を仕掛けた。問題は水だった。竹筒に二本分の水があるだけだった。

それがなくなるまでしか、ここにはいられない。己は飲まぬと決めた。己の分は、飲み水に代わるものを手に入れればよいのだ。

殿様から離れぬようにして、水気の多い野草を探した。木の間から虎杖《いたどり》の葉が見えた。回り込むと、若芽が群生している。太めのものを折り採って、かじった。瑞々《みずみず》しい。口の中がすっきりとした。

薪の用意をし、採ってきた虎杖をかじっていると、

「何を食べているのだ？」と殿様が言った。目を覚ましたらしい。

「虎杖でございますが」

「儂にも、少しくれ」

皮を剝いて、殿様の口に入れた。

「この、酸《す》いところが、よいの……」

「それがお分かりになれば、立派に山の者でございます」

「そうか……」

月草は笈から縄を取り出すと、先に火を点した。この縄は、竹と檜皮《ひわだ》の繊維に、水に溶かした塩硝を染み込ませ、干して縄に綯《な》ったものだった。少しずつ燻《くすぶ》りながら燃えていく。塩硝を得たお蔭で工夫されたものだった。

再び笈を開け、上の段から引き回しを取り出し、殿様に掛けた。

「済まぬな」

「いいえ」

「温かい。中に、何か入っているのか」

雨や風の時に纏《まと》うよう、渋紙が入っていることを話した。

「よう出来ている」

「他の山の者から教えてもらったものです」

「……………」

遠くの藪下で何かが動いた。虫の声も途絶えている。

ぐるりを取り囲まれたらしい。山犬の気配が濃くなっている。目を凝《こ》らしていると、

「来おったのか」殿様が訊いた。

「そのようです」

頭を起こした殿様が、見えぬぞ、と言った。

「もう少し暗くなると分かります」

「待たねばならぬ、か」

山に夕闇《ゆうやみ》が来るのは早い。身動きせずに待つ間に、山の端《は》が赤く染まり始めた。

月草は脂分の多い樹皮に火を点けると、小枝をのせた。小さな細い火が、蛇の舌のようにちろちろと燃えている。朝までは長い。積み上げた薪を保たせなければならない。

程なくして日が落ち、森が闇に沈んだ。

「いるか」殿様が言った。

「ご覧になりますか」

「勿論だ。儂を食らう奴ばらの面をよく拝んでおかねばの」

月草が小枝の束を焚き火《たびび》に入れた。炎が立った。殿様が手を翳《かざ》して藪の辺りを見遣《みや》った。

緑色をした小さな丸いものが、点々と光っているのが見えた。山犬の目である。火を焚いている二人を遠くから見ているのだ。

「すごい数だな」

月草が、太めの薪を山犬の脚許に放った。辺りが明るくなった。ずらりと並んだ中央に、一際大きな山犬がいた。頭目らしい。右の耳の先が千切れていた。

もう一本、薪を放ってみた。逃げようともしない。

「これは手強《てごわ》いですね。人の死肉を食らい、大きくなったのでしょう。知恵もありそうです」

「儂が死ぬまで、待ってくれぬかの」

「話して分かるものどもでもなさそうですからね」

「面白いことを言う。笑ってやりたいが、上手く笑えぬ」殿様は脇腹を押さえた。

月草と殿様の話を聞いていたのか、中央の山犬はくるりと向きを変えると、闇の中に姿を消した。

「今度姿を見せたら、脅かしてみますか。どのように動くか、知っておくのもよいでしょう」

「やる時は教えてくれ。しっかりと目を開けるでな」

「必ず」

殿様が目を瞑《つむ》った。そうしていると、死んでいるように見えた。

月草は、笈の中から干飯の入った竹筒を取り出し、掌に受け、小さく頭を下げてから口に入れた。ゆっくりと噛みながら、木槍にする枝を選び、削り始めた。

山の者は、山刀と杖で作ったものを手槍と呼び、枝を削って作ったものを木槍と呼んだ。木槍は投じるためのものだった。

二

闇の底から滲《し》み出るように、山犬が姿を現した。かなりの数だ。

間合いを計っていたのか、先程よりも近くまで来ている。

「殿様、起きていらっしゃいますか」

「うむ。夢を見ていた……」

「夢より面白いかもしれませんよ」

「そうか……」

月草は、手許の蔓を殿様に見せてから、ぐいと引いた。蔓は地を這い、離れた灌木《かんぼく》の枝に結び付けられている。枝が騒いだ。山犬どもが、一斉に音のする方に顔を向けた。と同時に、月草の手から、頭目の耳千切れ目掛け、木槍が放たれた。飛び来る木槍の音を聞き付けたのか、気配を察したのか、耳千切れがひょいと横に飛んだ。脇にいた山犬が、どこへ、とでも言うように、耳千切れの後を追おうとした。その時だった。木槍が、後を追おうとした山犬の首筋を、貫き通した。山犬は、絶叫を残し、血を吐いて倒れた。耳千切れが駆け寄り、山犬の鼻先に顔を寄せ、においを嗅いでいる。

長い。死んだことが受け容れられないのか、しきりに鼻で、相手の鼻を押している。

「拙《まず》い、ですね」

「そのようだな」

「耳千切れの、嫁か、子供に当たったのかもしれません」

「儂も、そう見た」

耳千切れが唸り声を上げている。

「完全に怒らせたようです」

「ようです、ではない。あれは完全に怒っている面だ」

「逃げられるか、心許《こころもと》なくなってきました」

「……儂の倅《せがれ》は、魚の食い方が汚くてな」

「はい……？」

「どうせ食われるのなら、きれいに食ってもらいたいが、食い散らかされそうだな」

「魚の気持ちが分かったような気がしますか」

「する……」

耳千切れの鼻に皺《しわ》が寄った。こちらに向かい、真っ直ぐに走って来る。何か言おうとした殿様を制し、小枝の山を焚き火に放り込んだ。炎が上がった。右手に長鉈《ながなた》、左手に手槍を持ち、構えた。

走って来た耳千切れが炎の前で跳ね、岩を飛び越えた。続いて来た山犬どものうち三頭が突っ込んで来た。右の一頭の首を刎ね、左の一頭を手槍で串刺しにした。残る一頭は岩に激突し、ふらついているところを長鉈で打ち殺した。

肩で息をしながら、他の山犬どもを睨み回した。

牙を剝いて唸るだけで、襲って来る気配はない。

殺した三頭を山犬どもの方に放り投げた。

月草の動きを警戒しながらも寄って来て、引き摺って行った。

三頭の死骸は見えなくなったが、正面の耳千切れの脇にいた犬の死骸は、そのまま置き去りにされている。

山犬どもがまだ立ち去らずにいることは、炎を受け緑色に光る目玉で知れた。

こちらに眠気が差すのを待っているのだろうか。それならば、一日や二日は優に耐えられる。それまで殿様が保てば、だが。

薪をちびりちびりと足す。夜が、刻々と更けていく。

山犬どもが伸ばした前脚に顎《あご》を載せ、眠り始めている。

蔓を引き、灌木を揺らした。山犬どもは片目を開け、ちらりと見たが、また目を閉じてしまった。

「済まぬが」と殿様の声がした。「水を、くれぬか」

頭を支え、水を飲ませた。

「足が、痛みを感じぬ。手も、だ……。どうやら、お迎えは近そうだな」

「話していると、もっと近くなりますが……」

「黙っていると怖い。話していたいのだ……」

「分かりました」

「山の者は、いつもこんな山の中を歩いているのか」

「たまには里に下りますし、街道を歩くこともございます。ですが、今日は街道は兵がうろうろしておりましたので」

「追っ手だ。振り切れなんだのだ……」

「真田に追われていたということは、武田方ではないのですね？」

真田は、武田にあって信濃先方衆《さきかたしゅう》として旧領を安堵《あんど》されていた。

「そうだ。言うても分からぬかもしれぬが、あの真田幸隆《ゆきたか》はの、実父である海野《うんの》信濃守《しなののかみ》様を殺《あや》め、敵である武田に寝返った、我らにとっては不倶戴天《ふぐたいてん》の敵よ。己だけではなく、望月《もちづき》、伴野《ともの》、芦田《あしだ》氏らをも懐柔しようと、あれこれと悪知恵を働かせておってな。そこで儂は、中野《なかの》に行き……、中野には誰がいるか、知っているか」

「高梨《たかなし》様という豪族がおられたと覚えておりますが」

「そうだ。高梨政頼《まさより》殿に窮状を訴えに行ったのだ。その帰りに、真田の見回りの者に見付かってしまった、という訳だ」

「そのような大事を話されてもよろしいのですか」

「構わぬ。真田の見回りの者に、儂の正体は知られてしまっている。何をしに出向いたか、あの真田の狐なら分かっているはずだ。おまえは儂を看取るのだ。儂が何をしてきて、ここで死ぬ羽目に陥ったのか知っていてもらわねば、相済まぬであろう」

「こう言っては申し訳ございませんが、手前どもは里で誰が勝とうが負けようが、どうでもよいことなので」

「里を治めたとて、天下を取ったことにはならぬ、か」

「里よりも山の方が、深く、広いですから」

「そうか……」殿様は笑おうとして、済まぬが、と言った。「寒い」

血が足りなくなっているのだろう。

月草が立ち上がると、山犬どもが一斉に頭をもたげた。何を始めるのかと窺っている。

月草は、杖を横にして、焚き火を根こそぎ五尺（約一・五メートル）程前に動かすと、そこで薪を積み直した。次いで、葉の付いた枝で、今まで火を焚いていたところを掃き、殿様をそこに移した。

地面が火に炙られ、温まっている。

「うむ、これはよい。まさか、土の上が、こんなに居心地がよいとはな……」

引き回しの胸許が静かに持ち上がり、沈んだ。眠ったらしい。このまま静かに眠らせてやりたかった。山犬が襲って来ぬよう祈りながら、そっと焚き火に枝をくべた。

一刻（約二時間）程、経った。

一頭の山犬が藪陰から現れ、耳千切れの後を追おうとして木槍を受けた山犬の死骸に近寄った。

山犬は、死骸の脚に噛み付くと、引き摺り始めた。と思った瞬間、闇の中から走り出て来た耳千切れが、山犬の咽喉笛に噛み付き、唸りながら頭を振り回した。耳千切れの頭が、見る間に山犬の血に染まった。

山犬の命が尽きたらしい。四肢《しし》の力が抜け、だらりと垂れている。耳千切れは動きを止めると、殺した山犬を地に寝かせるようにして口を開いた。

周りにいた山犬どもが、恐る恐る歩み出て来て、耳千切れにやられた山犬のにおいを嗅いでいる。

耳千切れは、暫くの間目を据えて月草を睨み付けてから、胴震いを一つして、闇の中に消えて行った。耳千切れを見送った山犬どもが、死骸に飛び掛かるようにして貪《むさぼ》り食い始めた。木槍の刺さったもう一匹の死骸には、耳千切れの怒りを恐れてか、手を付ける山犬はいなかった。

肉が裂け、骨の砕ける音が響いた。

あれらの山犬どもが一斉に襲って来たら、どうすれば逃げられるのか。殿様と供の武者の死骸を与え、その死肉に夢中になっている間に逃げようと考えていたのだが、耳千切れの様子からすると、とても振り切れそうもない。

どうしたらよいのだ？

枝を取り、火にくべた。細い枝が火に包まれ、燃え上がり、赤い線となって燃え尽き、崩れて落ちた。もう一本、くべた。燃え立っている。枝に水気が残っていたのだろう。枝先から木の汁が泡となって噴き出し、追い掛けるようにして炎が上がった。

その時、申の里で、餞別にもらった火薬のことを思い出した。竹筒に七分目程入っていた。

あれを爆発させれば、活路を見出せるかもしれない。だが、その時、己はどこで爆風を躱すのか。殿様を見た。供の武者の亡骸を見た。他に、身を隠すものはない。

笈から竹筒を取り出し、懐に収めると、長鉈で岩の根方に、己の身体が横になって潜り込める程の穴を掘った。それから、供の武者の亡骸を穴近くまで動かし、帯紐《おびひも》を緩めた。己の足を差し込める分の余地を作ったのだ。足を入れ、手前に引く。そうすれば、山犬の攻撃を少しの間なら防いでいられるだろう。笈と笠は爆風が当たらぬようにに岩陰に置き、石を載せた。

更に一刻近い時が過ぎた。

殿様が目を覚ました。

「独りだ、と言っておったが……」

「はい」

「淋しくは、ないか」

「馴れておりますので」

「どこまで行くのだ……」

「越後の方です」

「いつ頃、戻るのだ？」

「戻ることは、ございません」

「どういうことだ……」

《逆渡り》に出た訳を話した。

「すると、遺骨はそこに？」

「はい」

殿様が、寝たままの姿で掌を合わせた。月草は膝を揃え、頭を下げた。

「儂は、奥のことなど何も考えないできた……」

「お殿様ならば、それは、致し方のないことでは」

「殿様と言うても、昔のことで、今は手勢僅《わず》かな身だ。ここに死んでいる者と、先程の者らが手に入れてくる米と塩で、生き延びているようなものだ。奥と言うても、端《は》下《した》の者のように洗い物をしておる……」

殿様が、力のない、小さな咳《せき》をした。

「何も、喜ばせたことなどない……」

「そんなものかもしれません。手前も山や戦場《いくさば》を駆けずり回ってばかりでした。若い頃に二人で茸狩りに出掛けたことがありまして、その時に途中ですごい山桜の木を見付けましてね、二人して呆然と見ていたことがありました。そこに埋めてくれというのです。随分と昔にした約束ですが」

「嫁御《よめご》の名は……」

「榧《かや》、と申します」

「榧か、よい名だ……。背丈は……」

「ようやく手前の肩に届くくらいの、小さな女でした」

「小さい女は、可愛《かわゆ》いの……」

「殿様の、奥方様も、お小さい御方なのでございますか」

「うむ……」

殿様が楽しげに微笑みを浮かべて目を閉じている。

顔を寄せた。息はしていた。

火の気が小さくなっている。薪に手を伸ばした。焚き火の向こうの闇が動いている。

「来るのか」

手槍で薪を掻き寄せ、竹筒をいつでも火の上に載せられるようにして、身構えた。

「月、草……」殿様が口を開いた。

「水で、ござい ますか」

「……」

「夢でも、ご覧になったのですか」

「どうやら……。駄目な、ようだ……」大きく息を吸い込み、止まった。

「殿様……」

鼻先に手を翳《かざ》した。事切れていた。

月草は掌を合わせると、殿様の遺体を掴み、穴の近くに寄せた。引き回しは丸めて笠の後ろに放った。

山犬どもが一歩、二歩と近付いて来た。緑の目が、ゆるゆると動いている。

杖の先から山刀を抜き取り、手に持った。

山犬どもは岩場を半円形に取り囲み、低い唸り声を立てている。

火の燃え盛っている薪を真っ暗闇の中空に放った。炎が尾を引いて流れ、火の粉が舞い上がった。

山犬どもに動じた様子はない。

耳千切れは中央にいた。一際大きな口を開け、牙を剥き出している。

来い。

枝で作った木槍を投げた。耳千切れは横に跳ねて木槍を躱すと、地を蹴った。すべての山犬が続いた。

脚音と唸り声が重なり、押し寄せて来た。

月草は火薬の入った竹筒を火中に放り込むと、掘った穴に身体を埋め、供の武者の帯紐に足を通して引き寄せた。そして、山刀を手許に置き、両の手で殿様の襟首と帯紐を摑んで、己の上体に被せた。

山犬が身体ごとぶつかって来た。どすんという衝撃の後、牙が殿様の身体を嚙み千切り始めた。引き剝がされそうになるのを、懸命に堪えた。首筋に山犬の鼻息が当った。唸り声も耳許で聞こえた。

殿様の腹が食い破られ、腸が掻き出されているらしい。背骨と皮になっている。押し付けてくる鼻の力がまともにこちらに掛かった。

まだ爆発は起こらない。

どうした、火が消えたのか。

殿様の頰と耳を嚙み千切った山犬が、剝き出した牙を岩との隙間にこじ入れて来た。月草の顔に山犬の生臭い息が掛かった。帯紐から手を離し、山刀を取り、腹越しに刃を突き立てた。鼻面を斬り裂かれた山犬が、悲鳴を上げて飛び退《の》いた。別の山犬が、猛然と突っ込んで来た。もう一度山刀を突き立てようとした時に、爆発が起こった。思った以上の衝撃だった。

地面が、岩が、揺れた。

山犬どもは、すべて吹き飛ばされたらしい。灰神楽《はいかぐら》の舞う中、妙な静けさが漂っている。月草は、殿様の亡骸を押し退けると、足に絡んでいる供の武者の帯紐を山刀で切り、穴から這い出した。辺り一面に山犬が倒れていた。爆風で気を失っているのもいれば、爆発で胴が裂けているものもいた。

殿様を見た。腹は深く抉《えぐ》られ、顔も半分になっていた。掌を合わせた後、笈を背負い、笠と杖と引き回しを拾って駆け出した。

とにかくこの場から離れることだった。鼻の利く山犬を撒《ま》くには、水に入るしかない。川を求めてひたすら山を下った。途中で、寝茣蓙を置き忘れて来たことに気付いたが、引き返すことは出来ない。諦めた。

川は谷の底にあり、川に沿うようにして道が延びていた。音に気付いた真田の兵が街道に出て来るまでには、まだ間があるはずである。

下へ、水音のする方へと駆け降りた。

あの爆発で、どれくらい山犬どもが気絶しているのか。それを考えると、走っても、走っても心許なかった。

風が顔に当たった。湿り気を帯びている。雨か。

ぽつりと雨粒が額を打った。助かるぞ。においが消える。

# 第四章　薬草

## 一

森を抜け、藪を扱《しご》いて、月草は走った。沢に出た。雨水を集め、水嵩《みずかさ》が増し始めている。

これで、完全ににおいを断てる。

雨の中を沢伝いに南に下り、渋沢《しぶさわ》川に出た。山犬から逃げる。それ以外は考えずに、ひたすら走り続けた。

上州へと延びている街道に、人の気配はなかった。仮眠は後でとればいい。夜の明け切らぬ街道を猶《なお》も走り、鳥居峠を越え、大笹に向かった。

大笹を過ぎると西窪《さいくぼ》、鎌原《かんばら》、羽根尾《はねお》、長野原《ながのはら》と城が続き、更に柳沢《やなぎさわ》、丸岩《まるいわ》、雁ケ沢《がんがさわ》。岩下、根小屋《ねごや》、岩櫃《いわびつ》などの城が点在していた。

敵の間者《かんじゃ》と間違われては面倒になる。街道は避けるしかなかった。大笹を過ぎて、干俣《ほしまた》川沿いに山に入った。この頃になると、雨は上がり、雲も切れ、日が射すようになっていた。

引き回しを取り、笈《おい》に載せ、竹筒の水を飲んでいると、俄《にわか》に空腹を覚えてきた。思い返してみると、昨日から口にしたのは干飯《ほしいい》だけである。

食べて休みをとる場所を見付けなければならない。河原に下りることにした。身に着けているものを乾かしながら、水も補える。足を急がせた。

道に荷車の轍《わだち》が刻まれている。先に大きな集落があると思われた。

三年前の渡りの時に、奥の尾根や山腹を通ったはずなのだが、その時には見落としていたのかもしれない。信濃は山襞《やまひだ》が深く、その襞ごとに集落があるので、すべてを把握するのは難しいことであった。

視界の隅が明るい。河原があるのだ。藪に分け入り、抜けた。手頃な広さの河原だった。

四囲を見回した。人の気配も山犬の気配もなかった。

月草は笠を取り、笈を下ろすと、中のものを調べた。竹筒はそれぞれ渋紙で塞《ふさ》ぎ、細い蔓草《つるくさ》でしっかりと封を施している。水の染みた跡はなかった。

月草は笈の中に入れてある襯衣《したぎ》や股引を取り出し、河原の石の上に並べた。引き回しを掛け回してあったので、湿り気は感じられたが、こちらも濡れてはいなかった。次いで身に着けているものを脱いで、脇に干した。乾き切らなくとも、湿り気は随分と減る。それでよしとすることにした。

石を並べて竈《かまど》を作り、鍋に川の水を汲んで置いた。

木っ端を集めて火を焚き、鍋に干飯と味噌を落とした。味噌雑炊は忽《たちま》ちのうちに出来た。川魚を捕えて雑炊に入れると、より味はよくなるのだが、長居をする場所ではなかった。長居はもっと人気のない、山の奥ですればいい。今は手早く食べ、立ち去ることだけを考える時だった。

鍋を洗い、干していたものを身に着け、河原を横切ろうとして、白い花に目が留まった。繁縷《はこべ》であった。その向こうには母子草《ははこぐさ》が咲いていた。

繁縷の葉は嚙み締めていると歯痛に効き、母子草は煎じて飲むと咳止《せきど》めや痰切《たんき》りの薬となった。月草は、それぞれ一摑みずつ採ると笈に縛り付け、川沿いの道に戻った。

道は真っ直ぐ延びていた。

日が射し、木漏れ日《こもれび》がゆらゆらと揺れている。山犬と命の取り合いをしたことが嘘のようであった。山犬も、殿様も、どこか遠くのものに思われた。

下尾守介と名乗った武者は逃げ延びただろうか。

ふと心をよぎった。だが、己の渡りとは関わりのないことだ。忘れることにした。

薬草を摘みながら奥へと川を遡《さかのぼ》った。

やがて道は川と離れ、きつい上りとなった。上りの頂きに達すると、窪地に集落が広がっているのが見えた。棚田《たなだ》を作り、肩を寄せ合うようにして暮らしている。

集落に寄る用はなかった。ならば、寄らずに行き過ぎるに越したことはない。山の者と里人は、よく諍《いさか》いを起こした。里人は己らの用のある時だけ山の者を受け入れ、用のない時は獣《けもの》を見るような目で見、追い払いもした。しかし、互いに互いを必要ともしていた。山の者は塩や米や味噌を、里人は簀《す》や箕《み》などの修繕や、薬草などを欲しがった。そのため、お互い即《つ》かず離れずの関係が成り立っていた。

月草が集落を迂回する道を急ぎ足で歩いていると、里人が追い掛けて来た。月草は足を止め、振り向き、笠の縁を持ち上げた。三人いた。手を見た。得物《えもの》は、何も持っていない。

「山の者ずら？」

黙って頷いた。

「薬草、持ってるだか」

「譲る程は、ありませんが」

背の低い男が掌を合わせた。

「長《おさ》の孫娘がひどい火傷《やけど》を負っちまったんだ。診てもらえねえだか」

他の二人を見た。嘘ではないらしい。

「心得のある坊様は？」

「いたら、こんなこと言ってねえ」

「火傷を負ったのは、いつです？」

「今朝だ」

「手当は？」

「冷しているが、痛がって泣いてばかりいるだ」

「孫娘というのは、お幾つです？」

「七つだ」

幼すぎる。その年では、体力がない。詳しく訊いた。熱湯を浴びそうになり、咄嗟《とっさ》に避けたのだが、肩から背に掛けて火傷を負ったらしい。

「行ってみましょう」

「ありがてえよぉ」三人が、声を揃えた。

「この辺りに、夏になると白い花を付ける草はありませんか。葉の形は……」

先が尖《とが》り、産毛《うぶげ》が生え、根は紫色をしている。

「見たことは？」

「紫草《むらさき》か」背の中くらいのが言った。

「それです」根は紫根《しこん》といい、毒消しや熱冷ましの薬となった。

「ある。窪沢の南だ」

「日当たりは？」

「一年中、日が射してるだよ」

「間違いない。それです。もう一つ。当帰《とうき》を知りませんか。夏に白い小さな花を花笠のように付けているものです」

話すより、絵に描いた方が早そうだった。小枝を拾い、地面に描いた。

「浜防風《はまぼうふう》のように、小さな花をたくさん付けるのですが」

「それなら、あるだ」

背の高いのが月草の袖を引いた。半町（約五十五メートル）程走ると、切れ込みがあり、縁がぎざぎざしている葉を指さした。

「これでないか」確かに当帰だった。

「見通しが明るくなりました」

月草の言葉に、三人の顔に笑みが浮かんだ。月草は、手早く当帰の根を掘り起こした。

「それでは、これから三つに分かれてください。一人は長の家に行き、きれいな汲み立ての水を火傷に掛け流して、冷すように言ってください。もう一人は蕺草《どくだみ》の葉を摘む。蕺草はありますよね」

「あちこちにあるだよ」

「それでは残りの人は手前と紫根を採り、長の家に走る。どれにするか決めてください」

紫根を採りに行くのが中くらいの背丈の男、長の家に走るのが背の低い男、蕺草を採るのが背の高い男と決まった。

「どれくらい摘めばいいだかね」背の高い男が訊いた。

「たくさんです」

「分かっただ」

それぞれが走り出した。

月草は走りながら中くらいの背丈の男に、名を訊いた。

「栄吉《えいきち》と言うだ。あの背の高い男が長助《ちょうすけ》で、背の低い方が市松《いちまつ》だ」

栄吉が言った窪沢は、駆け足で四半刻（約三十分）程のところであった。沢の南の開けた草地に、紫草がぽつんぽつんと生えていた。

「根を掘り起こしてください。全部は採らず、半分は残して」

栄吉が落ちている枝を拾って掘り始めた。月草も笠を取り、笈を肩から外して屈み込み、根を傷付けないように枝で掘った。紫色の根が現れた。

「これはいい紫根だ」

「そうかい」栄吉の手の動きが弾んでいる。

月草は、山刀を抜いて、根の半分を切り採った。太い、みっしりとした根だった。栄吉の根と合わせると結構な量になった。足りなければ、明日にでも採りに来ればいい。長の家に急ぐことにした。

## 二

長の家は、堀と土塁《どるい》に囲まれた堅牢《けんろう》な作りになっていた。

たとえ野伏《のぶ》せりが襲って来たとしても、里人に武器を持たせ、門を閉じ、跳ね橋を上げてしまえば、攻め切るのに相当な日数を要するはずである。それだけの構えが出来るだけの、財力と権威が長にはあるのだろう。

門に続く橋の四囲には、里人たちが集まり、不安げに中を覗いている。

栄吉が、どいてくれ、と大声で叫びながら、橋を駆け抜けた。晴れ姿と思っているのかもしれない。月草も後に続いた。

門を潜り、母屋の玄関に飛び込んだ。

既に長助は蕺草《どくだみ》を小山程も摘み採って来ており、敷石に座って待っていた。騒ぎを聞き付けたのか、屋敷の奥から市松が長らしい男と小走りになって出て来た。長らしい男が、式台に手を突き、頭を下げた。

「当家の主《あるじ》・三左衛門《さんざえもん》です。今はあなたにお縋《すが》りするしかございません。どうか孫を助けてやってください。お願いします」

何はともあれ、容態を診なければ手当の仕様がない。月草は草鞋を脱ぎ、足袋《たび》と太《ふ》布《た》で織った脚絆《きやはん》を取ると、笠を栄吉に預け、三左衛門に孫娘に会わせてくれるよう言った。

奥へと案内される途中、庭先で土下座している下働きの小女《こおんな》がいた。横にいるのは、年格好からして、その父親と思われた。

「大旦那様」小女が、絞り出すようにして叫んだ。「申し訳、ございません……」

三左衛門は無視して通り過ぎてしまった。

おおよその事情が飲み込めた。声を掛けてやりたかったが、今は孫娘を診るのが先だった。

軽く頭を下げ、月草は三左衛門の後を追った。

孫娘は、奥の一室に、うつ伏せに寝かされていた。年は七つ。まだ小さな身体の肩から背に掛けて、大人の掌で四つ分程の皮膚が赤く爛《ただ》れていた。両親が覗き込むようにして娘を見ている。

「お名前は？」

「お咲《さき》と申します」母親なのだろう、目を真っ赤に泣き腫《は》らした女が答えた。咲の手を握り締めている。父親が青ざめた顔で頷いた。

「おじさんは」と咲に話し掛けた。「月草と言います。必ず治してあげるから、お咲ちゃんも頑張るのだよ」

「ん……」頷きたいのかもしれなかったが、泣き疲れ、頭を動かせないでいるらしい。

火傷の具合を診た。

火傷のひどさは、深さと広さで決まる。広さで言うなら、背中約一面である。広かった。

水疱《すいほう》も出来ていた。水疱の下が赤いと浅いが、深いと下が白い。白かった。

一目で重い火傷であることが見て取れた。額に掌を当ててみた。熱も出ている。

「お薬を作ってくるからね。楽になるよ」

三左衛門に目で合図を送り、咲の枕許《まくらもと》を離れた。

「どうです？」三左衛門が廊下で囁《ささや》いた。

幼いこと、火傷の範囲が広く深いことを挙げ、治ったとしても痕《あと》が残る恐れがあることを告げた。

「それは仕方ありません。ですが、命だけは、何としても助けてやってください」

「やれるだけ、やってみましょう」

三左衛門が月草に向かって掌を合わせた。

「厨《くりや》をお借り出来ますか」

三左衛門が自ら先に立って厨に導いた。厨の者たちが、立ち上がり、心細げに三左衛門を見上げた。

「皆、この方の、月草さんの言うことをよく聞いておくれ。頼むよ」

「畏《かしこ》まりました」

「何でも言い付けてください」

「では……」

月草は、笈の二段目から、秦皮《あおだも》を入れた竹筒を取り出した。秦皮は、別名小葉《こば》の戸《と》ねり粉《こ》と言う熱冷ましの薬であった。秦皮の樹皮を採り、天日で干したものである。鍋で煎《せん》じるように言い、次いで長助に、摘んで来た蕺草を運んで来るよう頼んだ。

「長助さん。市松さん、栄吉さんにも手伝ってもらいましょう。呼んでください」

三人が蕺草を抱えて、裏から入って来た。

「まず水でよく洗い……」

水気を拭き取ったら、火で炙《あぶ》り、それを擦り潰して汁を採る。

「汁を採るところまで、長助さんと市松さん、お願いします」

厨奉公の女たちが、即座に盥《たらい》を取り出し、七輪を並べた。

「おらは？」栄吉が、己の鼻の頭を指さした。

「栄吉さんには、紫根の始末を手伝ってもらいます」

「合点だ」胸を叩いてから訊いた。「どうすれば、いいだか」

「紫根と当帰《とうき》の根を叩いて潰します」

紫根は水で洗わず、土を落とすだけ。当帰は水洗いしてから、よく水気を拭き取ること。その二つを、同じ量ずつ砕いて桶《おけ》に入れるよう言った。

栄吉が、紫根と当帰をまな板の上に置き、鉈《なた》で砕き始めた。本当は日数を掛けて日干しにしてから砕いた方がよいのだが、今はその余裕がない。効果が落ちる分、量を増やさなければならない。

「その間に、脂《あぶら》を温めましょう」月草は、残っていた厨奉公の女に言った。「胡麻《ごま》の油はありますか」

女が小さな瓶《かめ》を取って来た。金色に光るよい胡麻油だった。

月草は、それだけで薬作りを進めようと思ったが、もしかしたら、と思い、尋ねてみた。

「猪《いのしし》の肉は、ないですかね」

女が首を横に振っているのを見た栄吉が、長助に言った。

「確か、小沼の弥太《やた》が猪、取っ捕まえたとか、言ってなかったか」

「聞いた」長助が答えた。

「おらも聞いた」市松が言った。

「それはすごい。脂身をもらって来てもらえませんか」

「おらに、行かしてください」

裏戸を大きく開けて、小女が飛び込んで来、土下座した。額を土間に押し当てている。

庭先にいた小女だった。父親も裏戸の入り際で身体を小さく丸め、蹲《うずくま》るように手を突いている。

「おらのせいで、おらのせいで……」小女の顔が涙でぐしゃぐしゃになっている。

「お役に立たしてください。で、ないと、おら……」

厨の女たちも、栄吉らも、小女から目を背《そむ》けている。

「ありがとう。取って来てくれるか」月草が言った。小女の泣き濡れた目に光が宿った。「小沼の弥太という家だが、分かるか」

「知って……」小女が父親を振り返った。父親が、よう知っとります、と言って、小女に頷いた。

小女が、顔を振り上げるようにして、行けます、と言った。

「それでは、脂身のところだけ、これくらいな」と月草が拳を握って見せた。

「小沼は目と鼻の先ですから、直ぐに戻りますだで」父親が小女を促すようにして立ち上がった。

「必ず治すからな、心配するなよ」

小女が、帯の結び目が見える程、身体を折り曲げて礼をした。

「種《たね》」

父親が外から呼んでいる。小女は戸を閉めると駆け出した。

足音が遠退《とおの》くのを待って、あの馬鹿が、と栄吉が言った。

「煮えたぎった湯を、ようも……」

「違うよ」と一人の厨奉公の女が言った。「お種ちゃんは悪くないよ。お咲様が、まつわりついたのがいけないんだよ。おら、見てたから分かるだ……」

栄吉が、女を肘《ひじ》で突いた。

「何、すんだ……」

女が唐突に口を閉ざした。

三左衛門が厨に入って来ていた。三左衛門は女を睨み付けてから、月草に薬の出来具合を訊いた。

「泣いているばかりで、見ておれんのです」

「秦皮はどうです？」鍋の前にいる女に訊いた。

出来ていた。

「飲み頃に冷ましてください」

蕺草の汁も、桶の底に溜《たま》る程採れていた。その汁を布で漉《こ》すように言い付けた。

用意が整った。奥へ運んだ。

「これは」と、咲と咲の両親に、蕺草の汁を見せた。「十種の薬効があるので十薬《じゅうやく》と呼ばれるものなのです。この汁を」

皮膚のあるところは布に浸《ひた》してあてがうのだ、と実際に遣って見せながら話した。

「皮膚が剥《む》けているところに直に布を当てると、剥《は》がす時に痛いので、汁を滴らせて塗るようにします」

布に染《し》み込ませた汁を絞るようにして、咲の背中に垂らした。

「冷たくて気持ちいい」咲が言った。

「そうか、偉いぞ。それなら、偉い序《つい》でに、これも飲んでくれるかな」

秦皮の煎じたものを口許《くちもと》に当てた。顔をしかめて見せたが、母親の祈るような表情を見て、頭を起こして半分程飲んだ。

「大したものだ。強い子だ」

咲の額に掌を当てた。熱は、上がってはいなかった。月草は、適度に布を替え、汁を掛けるように母親と父親に言い、厨に戻った。

種と種の父親が戻っていた。

「これで、よいでしょうか」猪の脂身が、子供の頭程あった。

「これだけあれば、極上の紫根の薬が作れますよ」

胡麻油を入れた鍋を竈に掛け、油が熱せられたところで猪の脂身を落とした。脂身が溶け出している。鍋の底からあぶくが上り始めた。

そこで薪を何本か取り除き、火力を弱めたところで、出来た油を半分鉢に取り分け、残った半分の油に潰した紫根と当帰の根を加えた。油の中で、潰された根が躍っている。

「油が紫色になれば、ほぼ出来上がりです」

「お種、掻《か》き回すだ」栄吉が言った。

「おらに、やらしてもらえるのか」種が訊いた。

「頼む」

杓子《しゃくし》を手渡した。鍋の前に立ち、凝《じ》っと油面を見ながら、手を動かしている。

上がり框《かまち》に腰掛け、汗を拭っていると、三左衛門が奥から来て、ようやく眠った、と言い、礼の言葉を述べた。痛みが遠退いたのだろう。咲の母親も来て、同様の言葉を口にした。

「それで、お急ぎのこととは存じますが、今日はここにお泊まりいただく訳には参りませんでしょうか」三左衛門が言った。母親が手を突いた。

「勿論です。まだ紫根は出来ていませんし、二、三日は様子を見たいと思っていたところですので」

それに、と月草は心の中で呟いた。栃を亡くし、源二郎も殿様も救えなかった己に、人の命を守らせてやりたかった。

「ありがたい」三左衛門は、もう一度ありがたい、と言うと、女どもに夕餉《ゆうげ》の支度をするように言い付けた。

「お構いなくお願いします。手前は飯と味噌があれば十分ですから」

「お任せください」三左衛門は、女の中から一人を手招きすると、何やら耳打ちをし、奥へと戻って行った。母親も、それに倣った。

「ありがとな」と栄吉が、月草の脇に来て言った。「おら、あんたを初めて見た時から、いい人だと思っただよ」

三左衛門から耳打ちされていた女が、手を叩いた。皆を集めると、薬を作る手伝いをした者すべてに夕餉が振る舞われる、と伝えた。

思わず顔をほころばせた者らから顔を背け、種は唇を噛んで杓子を回していた。

「どうです？」

油を覗いた。随分と紫色になっていた。

「もう少しだな」

「はい……」

女たちが、米を研ぎ、野菜を洗い始めた。気が付くと、日は大きく傾いていた。そんなになるのか。時は目まぐるしく過ぎていた。

「見てください」種の声だった。

「うむ……」

月草は、つと立って、鍋を見た。

きれいな紫色になっていた。

「丁寧に作ったな。これは効きそうだ」

種の顔が、笑み割れ、そうした己に気付いたのだろう。笑みを急いで消した。

「少し冷ましてから、布で漉すぞ。そうしたら、お咲ちゃんに塗ってあげよう」

「はい」

土間の片隅にいた種の父親が、月草に掌を合わせた。

三

夕餉は二の膳の付いた豪華なものだった。

是非にと乞われ、三左衛門と奥の間で摂ったのだが、月草にしてみれば、栄吉らと厨で掻き込んだ方が気楽であった。

夕餉を終えた頃には、鍋の油も冷えていた。

「遣り方は蕺草《どくだみ》の汁の時と同じですが、こちらの方が油気があるので、何度も塗ったり掛けたりしなくとも大丈夫です」

遣って見せた。

皮膚のあるところには、布に紫色の油を染み込ませたものをあてがい、皮膚が剝けてしまっているところには、染み込んだ油を絞るようにして垂らした。背から腰に掛けて紫色になった。後から入って来た父親が大きく息を吸い、畳に座り込んだ。

「これは根の色ですから、ご案じなさらぬように。塗らなくなれば落ちます」

「そうですか」父親が、薄い唇を開いて閉じた。

小さな握り飯を、首を振って断り、水を飲んだだけで、咲が眠った。寝返りを打とうとしたり、起きようとすれば、火傷が引き攣《つ》れて泣くだろう。一旦《いったん》泣けば、眠気に負けるまで泣き止むことはない。厄介《やっかい》なことであったが、それを宥《なだ》めるのは親の仕事だった。

玄関脇の座敷に通された。栄吉に預けていた笠が置いてあった。

着替えが出ていたが遠慮し、笈から冬になったら着るようにと持って来ていた、筒袖の襯衣《したぎ》と股引を取り出して着替えた。刺し子のままでいてもよかったのだが、露宿《ろしゆく》を重ねているので汚れていた。昨日から寝ていない。一度身体を横たえてしまうと、深く寝入ってしまうような気がした。そのまま夜具には入らず、柱に寄り掛かり、膝を抱えて寝た。

「もし」

はっとして、目を見開いた。真っ暗闇である。屋敷の中にいることを思い出した。再び声がした。咲の父親の声だった。襖《ふすま》の向こうから聞こえて来る。返事をした。襖が開き、燭台《しょくだい》の灯火が射し込まれた。明かりは夜具に注がれている。

「どうかしましたか」

座敷の隅からの声に、燭台の火が揺れた。

「……どうして、そんなところに？」

問いには答えず、訊いた。

「お咲ちゃんに、何か」

「ひどく泣いておりまして」

「行きましょう」

中廊下から外廊下に出ると、土塀の上が明るんでいた。玄関のある方角である。問わずとも、里人たちが咲を気遣い、焚き火を囲んでいることが分かった。

咲の伏せっている座敷に近付くと、泣き声が聞こえてきた。痛いのだろう。無理はなかった。堪《こら》えるのに七歳は、あまりにも幼い。

座敷に入ると、困り果てた顔をした三左衛門と母親が枕許に並び、長く仕えているらしい者たちが、隣の座敷にいた。

月草は、枕許に座り、咲の顔を覗いた。

涙と洟《はな》で夜具が濡れている。先ず熱を診た。変わりはない。

「痛いか」

「痛い」

「痛くても我慢だ。まだ小さいから大変だが、我慢して治ろうと思わなければ、治らないぞ」

「もう治らなくてもいい」

大きな泣き声を上げ、背が波打った。それで火傷が引き攣れ、更に泣いている。

「見てごらん」

月草が襯衣を脱いで、背から脇を見せた。刀傷が走っていた。

咲が、目の隅で見ている。

肩口の傷を見せた。

「これは矢が刺さった痕《あと》だ」

「痛かった？」

「痛かった」

「泣いた？」

「泣いた。でも、元気になれば喜ぶ人がいたから、治した。お咲ちゃんにも喜んでくれる人がたくさんいるだろ」

「うん」

「なら、治そうとしなければ」

「でも、痛い」

「痛ければ、泣いていいんだ。これで泣かない子供がいたら、見てみたいくらいだぞ」

「我慢する……」

「そりゃすごいな。本当かどうか、今夜おじさんは、ここで寝て確かめようかな」

「いい」

「いいのか」

「かあさまがいい」

「そうか。そうだな。それでは、お薬を換えて、おじさんは向こうで寝ているからな」

この薬は効くぞ。つらくとも暫《しばら》く我慢していれば、新しい肉が出来るからな。

「うん……」

あてがっていた布を取り、油を染み込ませた新たな布を貼り、皮膚の剝けたところには油を滴らせた。

「気持ちいいか」

「気持ちいい」

「うん、その意気だ。頑張れ」

では、な。月草は玄関脇の座敷に戻り、膝の間に顔を埋めて眠った。

目が覚めた。抑えた人の話し声が聞こえてきた。

障子が明るんでいる。朝が来たのだ。

刺し子に着替え、奥の座敷に向かった。外廊下を行くと、地面に身じろぎもせずにいる種と父親の姿が目に入った。一晩中座っていたらしい。

種と父親が縋るような眼差しを向けて来た。

「随分とよくなっています。安心してください」

種と父親が手を握り合った。

話し声に気付いたのか、奥の障子が開き、咲の父親が現れた。

「今は、よく眠っております」

「それはよかった。起こすといけません。後で参ります」

「旦那様……」種と父親が、膝をにじり、土に額を押し付けた。

咲の父親は、二人を見ようともせず、また奥の座敷に戻ってしまった。

「必ず治りますからね」

月草は二人に言い置いて、玄関に向かった。

焚き火を囲み、莫蓙を敷いて、里人たちが寝ていた。頭をもたげて、月草を見た者がいた。栄吉だった。

「どうだかね？」

「紫根が効いたようです。後でまた採りに行きましょう」

聞いていた里人らから安堵の声が洩れた。長助と市松が拳で目を拭っている。

「茶、飲むかね」

種火の残った焚き火に、鉄鍋が下げられていた。干した笹を煮出した笹茶だった。

椀を口許に寄せると、香ばしい香りと湯気が顔を撫《な》でた。一口啜《すす》り、美味《うま》い、と褒《ほ》めた。栄吉らの頬が緩んだ。

山の中で何度も口にした味だった。ふと、小草《おぐさ》らはどうしているか、と思った。

栄吉が時折振り返りながら走って行く。嬉しくて仕方がないという走りだった。咲の回復に役立っていることが、誇らしいのだ。

緩やかな勾配の道を上って行くと、眼下に集落が広がっていた。

「あれが」と栄吉が、川沿いにある茅葺《かやぶ》きの家を指さした。「おらの家だ。腰のひん曲がった爺《じじ》と婆《ばば》と、牛のような嬶《かか》と、鼬《いたち》のような倅《せがれ》と狸《たぬき》のような娘がいるだよ」

「何とも賑《にぎ》やかですな」思わず笑ってしまった。

「賑やかに暮らせるのも、大旦那様のお蔭だ。何かあっても、あのお屋敷で守ってくださるだで」

「偉い御方なのですね」

「……逆らったら、生きちゃいけねえだよ」

歩くに従って棚田が広がって行く。栄吉の家の裏手が見え、その先の一本松の脇に小さな家があった。幼い子供が二人、土をいじって遊んでいる。

「あれが、種の家だ」

「母親は？」

「二年前に風邪がもとでおっ死《ち》んでる」

「あの子供らは、弟と妹ですか」

「ああ、種が母親代わりだ」

「そうですか……」

庭先で土下座していた種と父親の姿が、瞼《まぶた》に甦《よみがえ》った。

紫草の根を採り、お屋敷に戻った。咲の容態に変わりはなく、おとなしく寝ていた。

栄吉に紫根の始末を任せた。

器用に紫根と当帰の根を砕き、昨夜取り分けておいた胡麻油と猪の脂身から採った油に入れ、掻き混ぜている。

「この先、火傷した者が出ても、作れますね」

「造作もねえこった」栄吉が胸をどんと叩いた。

「頼もしいですね」

「返事だけは、な」長助と市松が、半畳《はんじょう》を入れているところに、奥から廊下を急いで来る足音が聞こえた。

皆が口を閉ざし、身構えるようにして待った。

咲の母親だった。月草に目を留めると、お咲が、と言った。

「お腹が減ったと言うのですが、食べさせてもよいでしょうか」

「昨日食べてないのですから、粥にしましょう」

厨奉公の女どもが、安堵の言葉を口々に言い、粥の支度を始めた。

「食べられりゃ、もう心配ねえべ」長助が月草に訊いた。

「そんなに簡単なことではありませんが、よくなっていることは間違いなさそうですね」

「たくさん作ってやるといいだ」市松が言った。

「分かってるだよ。何遍お代わりしてもいいように、鍋一杯作っちまうかね」女の言葉に、どっと厨に笑い声が弾けた。

「その前に、お咲ちゃんの具合を診ましょうか」月草が上がり框に足を掛けた。


咲は昼餉の粥も、夕餉の粥もよく食べたのだが、夜中になって、すべて吐いてしまった。

その頃から熱が上がり始めた。顔は赤く、息も荒い。恐れていたことだった。金瘡《きんそう》や切り株で負った怪我で、同じように急に熱を出した山の者を見たことがあった。それらの者らは、熱が下がらぬまま、死んだ。

「どうしたのです？」母親が、咲の手を握り締めたまま言った。

「身体が火傷と戦っているのです。とにかく熱を下げましょう」

冷たい水に浸して絞った布を両脇と頭に当てた。

「急いで、薬湯《やくとう》を作って来ます」

月草は三左衛門に目で合図をし、座敷を出た。廊下を行く月草に三左衛門が追い付いた。月草は話し声が座敷に届かないところまで来ると、足を止め、

「火傷に負けて熱が上がったのです」と言った。「お咲ちゃんは、とても危ないところにいます。この熱に身体が保つか、どうか、です」

「そんな……」三左衛門が、食って掛かってきた。「治すと言っただろうが」

「声を抑えてください。お咲ちゃんに聞こえます」

三左衛門は振り向いてから、月草の胸倉を掴むと、押し殺した声で言った。

「何とかしろ」

「勿論です。出来る限りのことはします」

「死なせてみろ。生きて、この屋敷を出さんぞ」

「………」

月草は三左衛門の手首を捩《ひね》るようにして解くと、厨に向かった。

女たちは、夕餉の粥も食べたから、と安心して帰ってしまっていた。厨には誰も残っていない。

秦皮《あおだも》の煎じ薬を入れてあった鍋の蓋《ふた》を取った。すべて飲み終え、空であった。

月草は火を熾《おこ》し、湯を沸かすと、竹筒から秦皮を取り出して煎じ始めた。奥に詰めていた女中が様子を見に来た。煮立ち過ぎないように鍋を見ているように言い、月草は笈を引き寄せた。竹筒の中に藪萱草《やぶかんぞう》の蕾《つぼみ》を入れておいたはずだった。藪萱草の蕾は、一度蒸してから日干しにしたもので、秦皮と同じように熱を下げる効果があった。

新たな薬湯を作ろうとしたのは、備えを用意しておいた方が、と思ったからだった。薬湯は幼い子供にとって、飲み易いものではない。これまで秦皮を飲んでくれたからと言って、引き続き飲んでくれるとは限らない。それを慮《おもんぱか》ったのだ。それだけ、容態が切迫しているということでもあった。

新たな鍋に湯を沸かし、藪萱草の蕾を入れた。

「半分になるまで煎じてください」

秦皮の煎じ薬を冷まし、椀に入れ、奥の座敷に運んだ。

咲の顔を汗が流れていた。

濡れた布に触れた。冷たい。絞って小まめに替えていたらしい。

椀を母親に渡した。

「飲ませてください」

母親が叱るように言い聞かせ、飲ませている。

「………」咲が首を微《かす》かに横に振った。

「飲んでおくれ、お咲」

母親が、父親が、三左衛門が交互に叫んだ。隣室で見守っている者らから嗚咽《おえつ》が漏れた。

「別の薬湯を持って来ます」

月草は、急いで厨にとって返し、藪萱草の蕾の薬湯を持って来た。

「これは、美味しいぞ」

咲の目が細く開いた。

新しい味がよかったのか、一口二口と飲んだ。

「偉いぞ。熱なんかに負けるなよ」

咲が小さく笑った。紫根の油を塗り換え、熱が峠を越してくれるのを待った。

三左衛門が仏間に籠《こも》り、経を上げ始めた。隣室にいる者たちが、声を合わせている。

咲の呼吸が、また激しくなった。

東の空が白み掛けた頃、咲は息を引き取った。

母親の泣き声を背に、月草は奥の座敷を出た。

種と種の父親が、庭先で肩を震わせて泣いている。

「済まん」

月草は、厨に置いた笈を肩に掛け、玄関脇の座敷から笠を取り、黙って玄関に向かった。

式台に腰を下ろし、脚絆を巻き、足袋を履き、草鞋の紐を結んだ。焚き火を囲んでいた里人たちは、声もなく月草を見ている。

廊下を走る荒い足音が近付いて来た。三左衛門だった。

「殺せ」三左衛門が里人らに叫んだ。「この男を殺すのだ。殺した者には褒美をくれてやるぞ」

里人らは顔を見合わせた。栄吉と長助と市松の顔もあった。

「何をしている。儂の言うことが聞けぬのか」

月草は栄吉らを見回すと、頭を下げ、笈を背負い、炎に照らし出されている門へと向かった。

庭の方から駆けて来る者がいた。手に刀を持っている。咲の父親が、喚き声を上げて、刀を振り下ろした。

山刀で受け、長鉈で刀の鎬《しのぎ》を打った。刀が折れて飛んだ。父親の取り巻きなのか、若い男が棍棒《こんぼう》で殴り掛かって来た。長鉈で受けた。受けたところから、棍棒が二つに折れた。

父親と男が、尻を突いたまま後退《あとずさ》りしている。

「山の者なんぞを頼りにした儂らが悪いのだ。この人殺しが、出て行け」

三左衛門の声だった。

月草は、振り返らずに門を出、跳ね橋を渡り、山を目指した。

栄吉と紫根を採りに歩いた道だった。

川沿いにある栄吉の家が、微かに見えた。夜が明けようとしていた。足を急がせた。

明け掛けた里の道に松明《たいまつ》が見えた。炎の帯は、栄吉の家の先にある一本松に向かっている。一本松の脇に来て、松明が動きを止めた。

松明が宙を飛んだ。茅葺きの家が見る間に炎に包まれた。

中から子供が飛び出して来た。種の弟と妹だった。泣き叫んでいるらしい。両の手が目許に当てられている。

種と種の父親の姿が見えた。松明の者らを追って来たのだろう。

二人を誰かが蹴り付けている。土下座をして堪えているところを見ると、咲の父親と思われた。執拗に蹴り続けている。

月草は、親子を振り捨て、足を前に繰り出した。

助けることが、親子にとって益になるとは思えなかった。咲の父親の気を晴らした方が、あの親子は里に留まりやすくなるだろう。万一にも里を追われることになれば、親子が生き延びる道はないに等しい。堪えることが生き抜く唯一の術なのだ。

月草は目の前の土と石を踏み締め、歩いた。

雲が湧き、流れて来た。雲の下に雨の筋が見えた。

構わずに歩いた。

雨が落ちて来た。笠に雨粒が当たり、棒のように流れ落ちている。雨脚が目に見えるすべてのものを白く閉ざしていった。

# 第五章　石神衆《いしがみしゅう》

## 一

月草は橅《ぶな》の木の洞《うろ》にいた。

雨に降り込められて二日になる。

笠を被り、引き回しを纏ったままで洞に籠もり、ひたすら雨の上がるのを待っていた。雨の中を歩くことも出来たが、一日、二日を争う渡りではない。身体を濡らして風邪を引くよりは、雨の上がるのを待つべきだと思ったのだ。

笈《おい》には渋紙を被せて雨が浸みないようにしてある。腹が減れば干飯《ほしいい》を嚙み、味噌を嘗《な》めた。辺りが多少明るいうちは山刀で枝に彫りものをし、暗くなったら眠った。今までにも、何度もしてきたことだった。ただその時は、一人ではなく、四三衆の誰かがいた。

夜更け近くになって雨音が小さくなった。雨が峠を越えたのだろう。

それからどれくらい経ったのか、微睡《まどろ》みから目覚めると、雨音が絶え、木肌を伝って流れ落ちていた雨水も途切れている。雨が上がったのだ。

明日からまた、歩くことが出来る。

洞から顔を出し、夜空を見上げた。雲が流れていた。月を背にして、雲の縁が銀色に輝いている。

雲が切れた。

月の光が森の葉や梢《こずえ》を透かし、縞《しま》になって降り注いでいる。

月草は深く息を吸い、吐いた。森が胸の中に広がった。

俄に、森の中が騒々しくなった。雨が上がったので、小さな獣どもが餌を求めてうろつき始めたのだ。

明日は早い。眠ることにした。

洞の前を、野兎や野鼠が走り過ぎて行った。

月草のことなど、気に留めようともしない。眠りに落ちた月草は、森に溶け込んでいた。

それから三日が経った。

月草は吾妻《あがつま》川の支流、雁《がん》ヶ《が》沢《さわ》川のほとりにいた。

ここまでのところは、里に沿うように来たために、思いがけなく人と関わりを持つことになってしまったが、これからは山に分け入り、三国《みくに》峠へと抜けるのである。恐らくは誰とも行き合わぬ日々が続くことになるだろう。山で生まれ、山で育ち、山を渡ってきた身には、山だけを相手にしている方が気楽だった。

川を遡りながら、露宿に適したところを探した。

河原に焚き火の跡があった。雨が降り、増水すれば、流される場所である。里人が山菜でも採りに来たのだろう。古いものではなかった。露宿の場所を更に奥にすることにした。

目に付いた水菜と藜《あかざ》や木耳《きくらげ》を採りながら、川上へと進んだ。

河原艾《かわらよもぎ》が群生しているところに出た。草餅に使う蓬と違い、煎じて飲むと虫下しの薬効があった。片手で摑める程刈り取り、水菜などとともに笈《くく》に括り付けた。

水を飲み、竹筒に入れ、更に上流へ向かった。川幅が狭まった先に二段の滝があった。一段の高さが、一間半（約二・七メートル）程である。岩場を迂回し、滝の上に出た。

滝の上は、少し開けた河原になっていた。大木が倒れている。木肌を見た。大水によるものではなさそうだった。空を見上げた。雨の気配はない。

河原をぐるりと歩き、人か獣に襲われた時に逃げ場があるかどうかを、調べた。どこから襲われるか分からないが、川上から来られたら、藪に飛び込むのが、最良かと思えた。その藪から来られた時は、相手の数にもよるが、下の滝壺に飛び込むしかなさそうだった。その時は、笈をどうするか。盗まれたら、取り返すのは難しい。ならば川に流し、後で拾うか。襲われる心配はまずないと踏んだが、念のため藪に蔓で仕掛けを作ることにした。蔓を地面すれすれに張り、引っ掛かると枝が騒ぐようにするのだ。

倒木の陰を塒《ねぐら》と定め、笈を下ろした。

括り付けてきた河原艾や夕餉に使う野草を笈から外した。河原艾は日干しにするために並べ、夕餉の菜にする野草は鍋に移した。

次いで、藪に入り、雑木の枝と蔓を刈り取った。目に付いた行者葫《ぎょうじゃにんにく》も採った。

枝を束にして、流れのゆるい川の淵に沈めた。出来れば流れのないところの方がよいのだが、滝の上である。流れのないところはない。上手くすれば、明朝頃までには流されて来た小魚か川海老が住処にしてくれるだろう。枝を川岸に引き上げると、面白いように獲れていることがある。

小腹が減ったので、笈から味噌の入った竹筒を出し、行者葫の鱗茎《くき》に付けて齧《かじ》りながら細い蔓で仕掛けを作った。仕掛けは造作もなく出来た。

まだ日は高い。夕餉の支度に掛かる前に、日干しは足りないが、河原艾で薬湯を作ることにした。

石を組み、竈《かまど》を作り、火を熾し、水を入れた鍋を置いた。湯が沸いたところで、炙《あぶ》った河原艾を入れ、弱火で煮詰めた。

その間に、朝まで燃やし続けても足りるだけの薪《たきぎ》を集め、倒木の脇に積み上げた。

薬湯を飲み、飲み残した分は竹筒に注ぎ、鍋を洗った。

夕餉の支度に移った。

鍋に水と米を入れて沸かし、米が躍り始めたら、刻んだ水菜と藜に木耳を加え、味噌を落とす。鳥の肉や魚を入れることもあったが、魚を入れるなら干したものか燻《いぶ》したものの方が、月草は好みだった。作るのは、一人が一度に食べられる量である。程なくして出来上がった。

鍋を火から下ろし、石の上に置く。笈から榧《かや》の遺骨を納めてある竹筒を取り出して、傍《かたわ》らに立て、夕餉を始める。川の音を、木立を渡る風の音を、鳥の鳴き声を聞きながら雑炊を杓子で掬い、食う。魚が跳ね、銀色の腹が光った。

月草は、まだ早いか、と思いつつも、川に沈めた枝を引き上げてみた。川海老が二四、枝の中に潜り込んでいた。

枝を再び川に沈めると、獲れた海老を小枝の先に刺し、焚き火に翳した。見る間に海老が赤くなっていく。海老の髭に炎が走り、燃え落ちた。慌てて火から外し、脚を嚙み、頭を嚙み砕く。香ばしく焼けた海老とともに雑炊を啜る。榧の笑い声が、どこからか聞こえてきたような気がした。

山の端《は》を赤く染めていた夕日が落ちると、辺りは闇に包まれた。

炎が目立たぬよう、小枝を折り、火床《ほど》に投じた。火の粉がゆらりと舞い上がり、宙空に達して消えた。

月草は、仰向けに寝転がった。空には夥しい数の星が輝いている。時折流れ星が尾を引いて天を横切った。

この歳になるまでには、何度か命を落とし掛ける出来事に出遭《であ》った。その一つでも、しくじっていたら、今ここにはいないのかと思うと、こうして星を見上げている己がひどく幸運であるように思えた。

　榧の顔が、栃の顔が、そして多くの死んでいった者たちの顔が、瞼に浮かんだ。やがて、それも遠くない先に、俺も榧たちの仲間になるのだ。そう考えると、生きるとは何なのか、死ぬとは何なのか、悼《いた》むとは何なのか、幸運と感じていたこととは何なのか、分からなくなってしまう。

　星が瞬《また》いている。俺が生まれる前から瞬き、多分俺が死んだ後も瞬いているのだろう。小草も笹も竹も、孫たちも死に、その子らも死に、四三衆の最後の一人も死に果てたとしても、星は瞬いているのだろうか。何だか己というものが、ひどくちっぽけなものに思えてきた。

　俺たちの歩いた跡は、果してこの世に残るのだろうか。それとも、跡形もなく消えてしまうのだろうか。

　月草という名は祖父の名前だった。祖父を忘れないように、と父は俺を月草と名付けた。俺が隠れ里を去ったことにより、小草らに次の子が生まれたら、月草の名が付けられるだろう。そうやって、暫くの間は、その子に俺の思い出が語られるのだろうが、それにも限りはある。誰も俺を見たことがない時が来るのだ。その時、俺は誰にも思い出されなくなるのだろうか。

燃え尽き掛けた小枝が、弾けて飛んだ。

月草は起き上がり、火床を見詰めた。端から闇に戻ろうとしている。終わりは来る。それが、すべてのように思えた。

月草は、柩の遺骨を笈に戻すと、熾《おき》になった焚き火の脇で、中に渋紙を仕込んだ引き回しを掛けて、横になった。

昼は背帯に差している長鉈を腹帯に差し換え、手槍を抱え、小石を握り締める。一人で露宿する時の姿である。荷は、何が起ころうと即座に摑めるよう一つにまとめ、手の届くところに置いてある。

熾から最後の細い煙が上がり、火の気が消えた。河原を照らすものが月明かりだけとなり、闇が濃さを増した。月の動きに併せて、影が動いた。藪がこそりと鳴った。

里人ならば川の水音と滝の音に阻まれ、聞き逃したかもしれないが、山の者の耳である。水音以外のものを聞き取り、即座に飛び起きた。その時には、石を藪に投げる体勢になっていた。

敵意がなければ声を掛けるはずである。それがない。影が動いた。一人ではない。影に向かって石を投げ付けた。一人は倒れたが、残る二つの影が向かって来た。手に光るものを持っている。光の形で得物《えもの》が知れた。手槍と長鉈だ。手槍は山刀を杖に継いだものである。山の者だった。

月明かりの中に男の顔が浮かんだ。二人の顔の中央に横一線の斬り傷があった。《ひとり渡《わた》り》の印であった。

《ひとり渡り》とは、掟《おきて》を破り、集団から追放された者のことである。その者が《ひとり渡り》であると他の山の者にも分かるように、追放する時に、顔に印を刻み付けるのである。

《ひとり渡り》になると、どこかに塒《ねぐら》を定めることも、他の者と交わることも禁じられ、死ぬまで一人で山を渡らなければならない。背《そむ》いた時は、それに気付いた山の者が死を与えた。

恐らく山中で出会《でくわ》した三人は、一人で渡りを繰り返していたのでは長くは生きられないからと手を組み、居直って野伏《のぶ》せりと化したのだろう。

狙いは、笈か。他に持ち物はない。

だが、渡す訳にはいかなかった。榧の遺骨が入っている。

逃げ道は、一つ。月草は、笈を引き回しで包むと脇に抱え、手槍を掴み、滝に向かって駆けた。《ひとり渡り》の投じた手槍が、足許を掠《かす》めた。なおも走り、滝の上から宙に跳ねた。どの向きに飛び込めば岩に当たらないかは、日のあるうちに見ている。迷わずに飛んだ。

水面《みなも》に叩き付けられ、笈が手から離れた。滝壺の底から浮き上がると、流れに引き込まれ、次の滝壺に落ちた。笈が目の前を流れて行く。笈を追う前に、滝の上を振り仰いだ。二つの影が並んで見下ろしている。

助かった……。

笈を追おうとしたが、流れに揉《も》まれているうちに、見失ってしまった。

既に流れ去ったのか、それともまさか、壊れ、ばらばらになってしまったのか。遺骨はどうなっているのだろう。竹筒に納め、詰め物をし、更に渋紙できつく封をしてある。早めに水から引き上げれば、無事なはずだった。

岸辺に這い上がり、川沿いを走り下った。黒いものが川の中程にある岩に引っ掛かっている。引き回しだった。近くには、笈らしいものも、竹筒も見えない。引き回しを川から上げ、流れに沿って下った。

十五間（約二十七メートル）程先を、何かが流れて行くのが見えた。月の明かりを受けて、白く光っている。四角い角がある。笈だ。

あった。

走り出そうとすると、川に掛かる木の枝を、黒い小さなものが動いて行くのが目に入った。黒いものは手を伸ばし、笈を引き上げようとした。鍋が付いているので重いのだろう。梃摺《てこず》っている。身体が小さい。身のこなしが人とは思えなかった。猿、か。

月草は血の気が引くのを感じた。猿に盗られたら、どうやって取り戻すのだ。放せ。

月草が叫んだ時、鍋が笈から外れ、川に落ちた。

石を拾い、投げた。石は円弧を描いて宙を駆けたが、藪に吸い込まれただけだった。

猿は笈を器用に摑むと、枝を伝って木立の中に消えてしまった。

何てことだ……。

一瞬目の前が真っ暗になったが、追うしかなかった。追わなければ見付けられない。見付けられなければ、《逆渡り》に出た意味がなくなる。月草は、絶望的な思いを抱え、猿が消えたところまで行き、森に分け入った。

枝や葉が顔に当たり、行く手を遮った。月草は手槍を振り回し、枝を払い、猿の後を追った。どれくらいの時が過ぎたのか。つまずき、転び、森の中を歩き回った。森は深く、行く手は、闇に閉ざされていた。

森の奥から、断末魔のような叫び声が聞こえた。人の声であることは間違いなかった。

この森の中に己以外の者がいるとすれば、野伏せりと化した《ひとり渡り》どもしか思い浮かばない。それとも、他に誰かいるのか。猿の気配は、どこにもなかった。手掛かりがない以上、声のした方に行ってみるしかないか……。

月草は立ち止まり、心を静め、これ以上夜の森を歩くのは危ないと、自らに言い聞かせた。

後は、明日だ。

月草は、木の間から月の出ている方角を読み、川に戻ることにした。

この《逆渡り》がどうなるのか。心をよぎる思いを無理に閉ざし、木肌に手槍で印を刻みながら、ひたすら川を目指した。

明日は印を辿《たど》ってここまで来、奥へ、声のした方へと進めばいい。

すべては明日だ。月草は呪文《じゅもん》のように唱《とな》えながら歩みを続けた。

川に出た。猿を追って森に入ったところからは随分と離れていたが、間違いなく昼に歩いたところだった。岩に見覚えがあった。

月草は、その岩陰に腰を下ろすと、手槍を膝に置き、濡れた引き回しを頭からすっぽりと被り、一つの黒い石となって朝を待った。

二

夜明けとともに起き出した月草は、十分に明るくなるのを待って、万一にも笈から竹筒の一部が零《こぼ》れ落ちてはいないかと川岸を探りながら、滝の上の露宿地《ろしゅくち》へ戻ることにした。途中、猿が落とした鍋を川底から拾い上げ、背に負った。

蔓《つる》で作った仕掛けの近くに血痕《けっこん》があった。石で倒した《ひとり渡り》のものと思われた。血の量から見て、大した傷ではなさそうだった。恐らく、顔に当たり、鼻血でも出したのだろう。

見渡すと、藪陰に笠が落ちていた。炭の粉を柿渋で溶いたものを塗り重ねているので、黒くて見えなかったに違いない。

引き回しを纏い、笠と鍋を背に負って、露宿地を離れた。昨夜木肌に刻み付けた印を頼りに森の奥へ向かい、何としても笈を見付け出さねばならない。広い河原の中から、小さな小石を探し出すようなものである。そうだと分かってはいても、探すしか、今はなかった。

川を下り、仮寝をした岩場のところから森に入った。

樹木は茂り、下草も深い。手槍で枝を掻き分け、進んだ。

木陰で休んでいた虫が飛び、野鳥が騒いだ。苔《こけ》がにおう。木肌を嘗めるように見ながら、歩を進めた。印がない。昼の光に惑わされ、昨夜自らが作った道を見失っているのだ。

汗を拭った。川に出た時の方角を思い浮かべ、歩く向きを正した。

草鞋の紐を結び直そうとして、足袋と脚絆《きやはん》の間に黒いものがあることに気が付いた。黒いものは、丸い球のように膨らみ掛けている。

山蛭《やまびる》……。

両足を調べた。両足の足袋と脚絆の間にびっしりと吸い付いていた。誤って山蛭の巣を通ってしまったのだ。どこかで、身に着けているものをすべて脱ぎ、調べなくてはならない。相応しい場所は、昨夜開いた道筋しかない。昨夜は山蛭に取り付かれなかったのだ。今いるこの場所を急いで離れることにした。吸い付いている山蛭には構わず、枝を、葉を、草を払い、前に突き進んだ。

正面の木の肌に手槍で付けた印があった。

道筋に出たのだ。

四囲を見回した。四間（約七・二メートル）程離れた木の肌に次の印があった。そっちの方が、開けている。笠と鍋を首から外し、引き回しを脱ぎながら移り、そこで着ているものを一つずつ脱いだ。山蛭に吸い付かれていたのは足だけだった。

脚絆を取り、足袋を脱ぎ、山刀の刃先を使って山蛭を吸い口から削り落とすようにして取り除いた。両足で七匹いた。足首が血で真っ赤に染まっている。踏み潰すと、血が弾けた。

山蛭の備えとして脚絆を巻き、足袋で足首を固めるようにしていたのだが、昨夜からの騒動で、脚絆と足袋の間に隙間が出来ているのに気付かなかった。己の手抜かりが招いたものだった。

焦るな。

自らを叱《しか》り、身拵《みごしら》えを整え、印を辿った。

印が尽きて、随分になる。

ふいに、木立の向こうが明るくなった。谷でもあるのか、森が途切れている。向かった。

岩場であった。岩が重なり、砦《とりで》のようになっている。人の気配はなかった。周囲を回ってみると、向こう側に岩が張り出して庇《ひさし》のようになっているところがあり、焚き火の跡があった。薪にする小枝と、魚や野鳥の骨なども散乱している。足跡を見た。二、三人くらいか。《ひとり渡り》どもだとすれば、頭数は合っていた。

灰に触れた。冷たい。少なくとも、一昼夜以上前の跡である。

ここを塒にしていたのならば、昨夜は戻らなかったことになる。塒を捨てたのだろうか。それとも、俺を探して、まだ森の中をうろつき回っているのか。

岩場の周りに、争った跡はなかった。昨夜の叫び声と、ここを塒にしていた者とは関わりがないのだろうか。

とにかく、奴らに気を付けながら、声のした方に行ってみるしかない。もっと奥のような気がした。

森に踏み込んだ。

枝が折れ、草が倒れている。人が通った跡である。くっきりと残っていた。

足跡を辿りながら、奥へと歩いた。

その頃から、誰かに見られているような気配を感じるようになった。だが、辺りを見回していると、こちらの動きをあざ笑うかのように気配が消えてしまう。そして歩き出すと、また気配が甦って来る。

人ではなく、猿か。そう思えば、何となく頷けるのだが、猿が人を密かに見張るなど、あるだろうか。月草には分からなかった。気配を引き摺りながら進んだ。

高さ三間（約五・四メートル）程の崖に出た。崖の上の方に住処があるのか、猿の鳴き声がした。

蔓を手掛かりに攀《よ》じ上り、木立を見上げた。黒いものが枝から枝へと飛び移っている。猿だ。後を追った。

腐り、土に還ろうとしている落ち葉を蹴り、石を蹴り、樹間を滑るように走ったが、猿の動きに勝てるものではない。あっと言う間に、見えなくなってしまった。

どこに行った？

猿の声はおろか、鳥の鳴き声すら聞こえて来ない。月草はおおよその見当を付けて、歩き出した。

また、誰かに見られているような気配がした。猿めが、警戒をしているのだろうか。

葉を払い、枝を伐り、幹を除け、太い木を回り込んだ。頭上から僅かに射し込んで来た明かりが、足許に落ち、丸い光の輪を作っている。光に導かれるように、歩みを重ねた。

森が密度を増しているのか、次第に薄暗くなっているのに気が付いた。

月草は足を止め、気配を探ってから、森の深みに向かった。枝が、葉が、執拗に絡み付いて来る。山刀を振い続けた。

突然、切り払った葉叢の先がぽかりと開けた。

下草がきれいに刈り取られた中央に、二つの巨大な岩が支え合うように屹立していた。

石と石との間の小暗い洞になったところに、石が重ねられている。石祠《せきし》に見えた。

空を見上げた。石を取り囲んでいる木々の枝が、空を覆い隠していた。風が鳴った。揺れた枝の隙間から光が射し、石に降り注いでいる。

月草は、目の前の光景の神々しさに打たれた。

石神衆……。

月草の脳裏に、その名が閃《ひらめ》いた。石を神が降りて来る依代《よりしろ》とし、祭祀《さいし》を行いながら渡りを続けている山の者であった。

ここは、石神衆の神域《いき》か……。

そう考えると、刈り取られている下草のことも、石祠も、森で感じた気配の謎も、すべて解けた。

時折感じた気配は、こちらの動きを見張り、立ち去るように警告していたのだ。

ここに至り、月草は一つのことを思い出した。石神衆の神域に踏み込んで、生きて帰れた者はいない。

抗《あらが》う術がなくはないが、気配からして相手は相当な人数である。勝ち目はない。月草は、山刀と長鉈を鞘に納めると、手の届かないところに放った。

そして、膝を折り、手を突き、石祠に深々と頭を下げ、身じろぎもせず石神衆が現れるのを待った。

石神衆は、山の者らにあって特異な集落であった。他の集落との交わりを断ち、己らだけで渡りを繰り返している。石神衆という名も、彼らがそうだと名乗った訳ではなく、他の者らが勝手に名付けたものだった。頑《かたくな》なまでに他の集落を受け入れない者たち。それが石神衆であった。

下草が鳴った。

左右と背後に、人の気配が立った。歩み寄って来る。

月草は額を下草に擦り付けた。

# 三

「我らが誰であるか、知っているようだな？」右から声がした。

「はい」

「何ゆえ我らが神域《いき》に入った？」

猿を探しているうちに気付かずに入り込んでしまったのだ、と月草は答えた。猿を探す訳を訊かれた。昨夜、《ひとり渡り》に襲われ、逃げる時に笈を猿に取られたことを話した。

「いずれの者か」

四三衆の月草であると名乗った。

「仲間の者らは、今この辺りにいるのか」

浅間の方だと答えた。

「一人で、どこへ行く？」

《逆渡り》の途中だと言った。

「聞こう」

亡き妻の遺骨を持ち、望みの地に埋めに行き、そこで己も果てるつもりだと告げた。

「その遺骨を猿に取られたのか」

「はい……」

「川に落としたようだな」

「どうして、それを……」

思わず顔を上げようとして、背後の者に背を打たれた。

「顔を上げるな。我らは、他の衆に姿を見られるのを好まぬ」

月草は、顔を伏せた。

「済まぬことをしたな」右側の者が言った。

左側の者が近付いて来た。月草の手許に笈が置かれた。猿に持ち去られた笈だった。

思わず手に取り、顔を下に向けたまま笈の中を見た。柘植爺の倅からの文を入れた筒など、すべての竹筒が入っていたが、榧《かや》の遺骨を納めた竹筒だけがなかった。驚き、戒めを忘れて顔を上げてしまった。樹皮を編んだような衣を纏った男たちがいた。再び背を打たれた。

「中のものを見た。人の骨が入っていたので、何か訳があるのだと思い、それからは丁重に扱っていた。遺骨は後で渡す。ここは神域なのでな、持ち込めなんだのだ」

「御礼を申し上げます。よく、見付けてくださいました」

「礼を言われることはない。あの猿は我らの飼い猿だ。いたずら好きで困っている」

「これから、また《逆渡り》を続けるのか」左側の者が訊いた。

「はい」

「昨夜の三人のことは、もう案ずるな。祠に立ち入ろうとしたので、始末した」

「……」

昨夜の断末魔は、彼らだったのだ。

「我らがここにいることを誰にも話すなよ」

「心得ています」

「ここで見たこともな」

「決して言いません」

「ならば、我らの気配が消えたら、このまま引き返せ。我らは何もしない。遺骨の入った竹筒は、滝の上に置いておくゆえ、行くがよい」右側の者の声だった。

「分かりました」

「渡りの無事を祈るぞ」

「一つ訊いても」

「何だ？」

「この森に他の者は」

「誰もおらぬ」

月草の礼には答えず、足音が去って行き、葉叢が鳴った。

顔を起こした。誰もいない。石祠に頭を下げ、山刀と長鉈を腰に差し、笈を背負った。

滝の上の露宿地に戻ると、倒木の陰に竹筒が置いてあった。

封を開け、遺骨を調べた。揺られ、小さく砕けた分だけ嵩《かさ》は減っていたが、濡れてもいなかった。櫃に騒動を詫び、小さな一片を口に入れた。

これで一緒だ。二度と離れぬ。

笈を開け、中のものをすべて取り出した。明日も雨は降りそうにない。洗う、か。

今、この露宿地近くにいるのは石神衆だけである。危害を及ぼす者はいない。

月草は身に着けていたものを脱ぐと、抱えて川のほとりに運び、一つ一つ丁寧に洗い、河原に並べて干した。

夕餉の支度に取り掛かるまで、山刀と長鉈を研ぐことにした。

河原に転がっている石の中から平らな砂岩を拾い出し、川に浸して洗う。研ぐ時に砂岩の砥石《といし》が動かないようにと、石や木をあてがう。後は、風の音と水の音を聞きながら、手を動かしていればいい。まずは山刀から研いだ。

四三衆の皆と出掛けた時は、よく話しながら研いだものだった。

彼らとは、泣き、笑い、時には夜を徹して歩き、酔い、殴り合い、そして背を押し付け合って眠りもした。生涯の仲間として、自らの命の重さと同じものを相手の中に見出していた。それなのに、掟だからと、六十歳になると次の渡りには加われなくなる。足手まといにならないようにと考え出された掟ではあったが、いざ己がその歳になろうとすると、ひどく哀しいものを突き付けられたように思え、空しさが込み上げて来る。

俺の後は……、と歳の近い者の顔を思い浮かべた。一つ上に一人。同い年に二人いた。

俺を頼って、追って来ることなどあるだろうか。

ないとは言い切れなかった。ならば、迎えられるようにしておいてやろうか。だが、待っていても、誰も現れなかった時に、どう己を取り扱ったらよいのか、困らないか。

何を考えているのだ?

己の心に寂しさが忍び寄って来ているのに気付き、俺はこれっぽっちの男なのか、と月草は山刀を研ぐ手を休め、榧に訊いた。

——あなたは寂しがり屋ですよ。

嘘吐《つ》け。怒鳴ろうとしたが、止めた。

寂しさが募り始めていた。

山刀を研ぎ、次いで長鉈を研ぎ終え、砥石にしていた砂岩を放り投げようとして、川の淵に枝を沈めていたことを思い出した。入っているかもしれない。

笠を手にして川に入り、沈めておいた枝を持ち上げると同時に笠を枝の下に差し入れ、掬うようにして岸に上げた。川海老と鮠《はや》が獲れた。

焼いて、食うか。

これまでは、人目を恐れて焚き火の火を抑えていたが、今夜は気散じに盛大に燃やすことにした。

月草は乾いた襯衣《したぎ》と股引を身に着けると、夕餉の支度に取り掛かった。

# 第六章　命

## 一

雁ヶ沢《がんがさわ》川の上流から山に入り、尾根を越え、細尾《ほそお》川に下りた。

この間、雨の気配はまったくなかったのだが、細尾川に出たところで、ひどい風雨に見舞われた。増水した沢の水を集めた細尾川は、岩を嚙み、木立を飲み込み、荒れ狂った。月草は、笈の上から引き回しを纏い、笠と引き回しを飛ばされないように摑んで風雨を除け、森の中でまんじりともせずに一夜を過ごした。

風雨は翌日の昼前には収まり、日差しが覗いた。川沿いの木に、水を逃れた蛇が鈴生《すずな》りになっていた。蛇好きの梶ならば、涎《よだれ》を垂らしただろう。

月草は、薬草を摘みながら四万《しま》川伝いに進み、四万川の水源《みなもと》であるいまなみ山を迂回して三国《みくに》峠に抜ける腹づもりでいた。

摘んだ薬草は干してから、三国峠を越えた先にある浅貝《あさかい》、二居《ふたい》、三俣《みつまた》の三ヵ村のいずれかで米と塩と味噌に換えるのである。それを食べ終えるまでに、次の薬草を摘むか、山鳥を捕らなければならない。手持ちの米も塩も味噌もまだあったが、いつまでもある訳ではない。早めに足しておかねばならなかった。浅貝などの三ヵ村には、十五年程前になるが、薬草を米と交換しに行ったことがあった。親切な村だという覚えがあった。

蛇野《へびの》川と名を変えた細尾川から反下《たんげ》川を渡り、四万川の流れに出たところで露宿することにした。

群生している茜《あかね》を見付けたのである。茜の根は血止めや熱冷ましの薬効もあるが、染料としても貴重であった。出来れば秋口に採りたいのだが、贅沢は言っていられない。ここで秋まで過ごす訳にはいかない。杖の先を削り、根を掘り起こしている間に日が傾き始めた。

いつものように鍋で雑炊を炊き、素早く食べて火を消した。

四万の湯に続く道から外れてはいたが、火を焚けば目立つ。目立てば、余計な難儀を引き寄せぬとも限らない。なるべくは人目に付かずに四万の湯を通り過ぎたかった。四万の湯には薬師堂があり、そこに参る者もいるのである。

もう一日茜採りに費やして、露宿地を離れた。

茜は蔓で編んだ籠に収めて、笈の上に括り付けた。月草は、四万川沿いの道から少し山に寄った獣道を歩いた。出会ったのは野兎だけだった。

四万の湯を過ぎ、更に奥へと分け入った。

人の気配は、なくなった。


沢を二日遡ると、いまなみ山の麓《ふもと》にある開けたところに出た。日当たりもよく、高い木も少ない。月草は笈を下ろして、辺りに薬草がないか探した。一刻（約二時間）近く探し歩いたが、血止め草と蓬を見付けて採った以外、これという薬草はなかった。血止め草や蓬は、あちこちに生えているので、交換の薬草としては心許なかった。

夏の初めには越後の辰の里に着き、冬を越す用意をしなければならない。そのためにも、茜のように値の付く薬草を採る必要があった。

どうするか？

もう少し沢に沿って上ることにした。

奥に見える二つの山の相が気になった。沢の両側に対《つい》のように聳《そび》えている。高さはそれ程はないのだが、切り立った崖に人を寄せ付けようとしない厳しさがあった。恐らく、随分と以前に、山のただ中にあった水脈が因《もと》で山崩れを起こしたのだろう。一つの山が真っ二つに裂けたような形であった。

岩を伝い、沢を上り、水に胸まで浸かり、一歩ずつ、対の山に向かった。

腰まであるような岩が幾重《いくえ》にも重なり合い、間を川が飛沫《しぶき》を上げて流れ落ちている。岩場を上ると、河原に出た。

河原は岩と石で荒れていたが、周りの緑は濃かった。河原の奥は高さ四間（約七・二メートル）程の崖になっていて、川を渡った反対側は林になっていた。川を渡り、林に入ってみることにした。

草いきれがない。風の通りがよいのだろう。進んだ。

足許に一尺（約三十センチ）に満たない野草が生えていた。緑色の葉の裏は紫色をしている。

一薬草《いちやくそう》である。天日に干して粉にしたものを服用すると避妊の効果があり、またこれを煎じて飲んでいると、月のものが順調になった。

辺りには一薬草が群れをなしていた。

四分の一程採っただけでも、茜と合わせれば、当座の米と塩と味噌にはなる。干す場所は蔓を張って作ればいい。後は露宿地をどこにするか、だった。

再び川を渡って、河原に戻った。水が出たら危ないことは、大岩を見れば分かった。大水のたびに、川上から流された岩が重なり合っているのだ。

崖の上を調べて見ることにして、上り口を探した。崖上の木からは蔓が垂れており、崖の途中には木の根も岩も露出していた。手ぶらなら、崖を上ればことは済むが、煮炊《にた》きの水を運ぶのには不向きである。どこかにもっと容易に上れるところはないかと見回すと、少し行ったところに、岩伝いに上れる場所があった。

跳ねるようにして崖に上がった。開けていた。草を刈れば、草庵を作るのにもってこいだ。

ここには、一薬草が乾くまでいるのである。ある程度の草庵でなければならない。早速取り掛かることにした。

先ず辺り一面の草を刈り、少量ずつ束にして干した。次に、細い立木を伐り倒し、枝を払い、柱を四本と梁を一本作った。二本の柱の先を組み合わせ、それを向かい合わせに立てた上に梁を渡す。これで草庵の骨組みは出来たことになる。更に二本の横木を渡して蔓で縛った。梁の上に渋紙を広げて被せた上から、刈り取り干していた草の半分を稲架《はざ》のように掛け、蔓で押さえれば、一応出来上がりである。両側は素通しで、出入りはそこからする。草の残り半分は床に敷けばいい。

後は、中程の土を掘り下げて囲炉裏を切るだけだったが、それは翌日に回すことにした。今日はここまででいい。一人の時は、無理をするより、余裕を持って動くことが肝心だった。

草庵の側に竈を作り、鍋を置いた。夕餉は味噌雑炊にした。出来たてのところを、ふうふう言って食べるのである。

川の音が、ひどく耳に付く夜だった。


朝餉の前に川を渡り、一薬草の採取に取り掛かった。

根こそぎ採れば絶えてしまう。間引くように採り、根を川で洗い、日陰の風通しのよいところに蔓を張って吊《つる》した。茜の根も川で洗った。こちらは河原に並べて日干しにした。

森の片隅で見付けた犬莧《いぬびゆ》の葉を茹で、水に晒してから味噌雑炊に加え、朝餉を済ませると、草庵の周りの側溝掘りを始めた。

長く暮らすための草庵を作るには、床に伐り出した枝と干した草を厚く敷き、雨水が流れ込んでも枝の間を流れ過ぎるようにと嵩《かさ》を上げるか、雨水を流す側溝を掘るかだったが、ここでは側溝を掘ることにしたのだ。

先を尖らせた杖で土を起こし、長鉈の腹で掻き出す。一通り掘ってから、草庵の中に潜り込んだ。囲炉裏を切るのである。

草の束を除け、側溝と同じようにして、深さ四寸（約十二センチ）程の囲炉裏を拵《こしら》えた。底に小石を敷いておけば、万一の時には飛礫《つぶて》に使える。

薪にする小枝を拾い、囲炉裏の傍らに積み、竹筒に水も用意した。草庵は干した草で出来ている。火が燃え移れば、瞬く間に焼け落ちてしまう。月草は、これまでに二度燃やしていた。

万が一火が付いた時は、急いで梁を持ち上げて投げ飛ばし、草庵をばらばらにする。火の粉が舞っている間に、被せてある渋紙を取り除くのだ。渋紙さえ無事ならば、後のものはまた作り直せばいい。

夕餉を終えると、鍋を洗い、草庵に運んだ。昼間甘茶蔓《あまちゃづる》を採り、干した後、鍋で空《から》炒《い》りしておいたのだ。これを煮出して、眠くなるまで茶を楽しもうと考えたのである。

外の竈から種火を移し、火を熾した。鍋の尻をちろちろと赤い炎が嘗めているのだが、火勢が弱いのか、沸く気配がない。

気長にやるか。

一薬草と茜が干し上がるまで、時はいくらでもあった。

小枝を折り、火床にくべた。炎が巻き付いている。小枝は赤い棒になり、崩れて落ちた。また小枝をくべた。野鼠が梟《ふくろう》にでも襲われたのだろう。鋭い鳴き声が聞こえた。この静けさの中でも、命の遣り取りは行われているのだ。

小枝に手を伸ばした。まだ湯は沸きそうにない。

草庵に露宿して三日目になった。

一薬草は順調に乾いているが、茜は根なので、そう簡単には乾かない。一薬草が乾き次第、草庵を畳み、三国峠を越すことにした。辰の里に早く着くに越したことはない。

茜の乾き具合を見てから、川を覗いた。枝を沈めてあるのだ。

夕方になったら上げてみるか。山女《やまめ》か鮠《はや》を期待して、そっと岸から離れ、草庵に戻ろうとした。

河原を半分程横切った時だった。川が急流となって落ち込んでいる辺りで、何かが動いた。鹿、いや、猪か。

姿を現した。山犬であった。

山犬は、月草を見据えると、牙を剝いて低く唸った。耳を見た。右の耳の先が千切れている。

まさか……。

耳千切れのように見えた。信濃《しなの》で襲われた時に比べると、一回りは痩せている。毛も、ところどころ抜け落ちている。

ここまで、俺を追って来たのか……。

あの時、枝を削って作った木槍が、耳千切れの脇にいた山犬の首筋を貫いた。絶叫と、倒れた山犬の鼻に顔を寄せ、いつまでもにおいを嗅いでいた耳千切れの姿が、鮮やかに甦ってきた。

あれは、おまえの嫁さんだったのか。

信濃からの道程を思い描いた。耳千切れの身体がすべてを物語っていた。

よく、見付けたな。大したものだ。

耳千切れの背後に目を遣った。他に山犬のいる気配はなかった。独りなのか。

仲間はどうした？

耳千切れの口許から涎が糸を引いて垂れている。後ろ脚が地を蹴った。石が跳ね上がった。涎が後ろに靡《なび》いた。

同時に月草も駆け出した。山刀も長鉈も、崖の上にある。素手で敵《かな》う相手ではない。崖までは四間（約七・二メートル）近くある。木の根を摑み、攀《よ》じ上るのと、回り道をして岩を伝って上るのと、どちらが速いか。走りながら瞬時に考え、回り込むことにした。木の根や蔓に手を掛けている間に、飛び付かれるのは目に見えていた。

走った。目の隅《すみ》に耳千切れが見えた。耳千切れは、獲物がどこに向かおうとしているのか、走り方を見て悟ったらしい。そのままの速度で崖に飛ぶと、僅《わず》か二た脚で崖上に跳ね上がった。

月草が崖の上に出た時には、胴震《どうぶる》いを終え、肩を怒らせていた。

月草は石を拾い、右手に握り締めながら山刀と長鉈を探した。竈の側に置いてあった。石で威嚇《いかく》している間に、山刀か長鉈を手にすることが出来るか、とも考えたが、到底無理に思えた。

ぬかった。

明らかに油断していた。まさか、このような事態《こと》になろうとは考えもしなかったために、得物《えもの》を己の身体から離してしまっていた。

榧《かや》……！

月草は心の中で叫ぶと、左手の指で刺し子の袖口を手繰《たぐ》り寄せ、掌の中に収めた。耳千切れが鼻に皺を寄せた。黄色い牙が鈍く光って見えた。長く、鋭い。刺し子の生地では厚さが足りないかもしれない。薄ら寒いものが背を走り抜けた。だが、生きるためには戦うしかなかった。

恐れを押し殺し、駆け出した。

二

耳千切れが、牙を剝いて飛び掛かって来た。

月草は、刺し子を握り締めていた拳《こら》を耳千切れの口中に突っ込んだ。耳千切れの身体の重みで腕が捩れそうになった。堪えた。息を詰め、必死に堪え、数歩押されたところで、崖っ縁で踏み止まった。耳千切れが咽喉《のど》の奥で唸りながら、前脚の爪を立てて来た。拳と牙の隙間から、生臭い息が吐き出された。

月草は拳に力を込め、押し返そうとした。耳千切れは、口の中を塞いでいる拳のために牙が使えず、噛もうとしても噛めないでいる。

ここまでだ。

月草は石を握った手を振り上げた。耳千切れが目を剝き、首を振った。目の上半分が白目になっている。月草の足許が揺れた。崖っ縁が崩れたのだ。身体が後ろに大きく傾き、そのまま月草の身体は、耳千切れもろとも崖から投げ出された。

血の気が引いた。下は岩だらけのはずだった。このまま耳千切れの下敷きになって落ちたら、助かる見込みはない。

耳千切れを見た。目と目が合った。耳千切れの目には、月草しか映っていなかった。石で耳千切れの頭を叩き割るには、体勢が悪かった。頭には届かない。横腹に狙いを変え、思い切り、殴り付けた。肋骨《ろっこつ》が二、三本折れたような感触があった。くぐもった叫び声とともに、耳千切れが口を開いた。左手が耳千切れの口から抜けた。

月草は、必死で崖に手を伸ばした。触れるものは何でも摑まなければ。木の根が指に掛かった。摑んだ。だが、月草の身体を支えるには、細すぎた。一瞬の後、ぷつりと途中から切れた。再び身体が宙に浮き、落ち始めた。

目の下を耳千切れが落ちて行くのが見えた。張り出した岩に腰が当たった。ギャンという悲鳴が上がった。と同時に、月草の左膝を激痛が襲った。耳千切れと同じように、岩に打ち付けたのだ。痛みに、足よりも頭が痺れた。

叫び声を上げた月草の顔を蔓が打った。両手で摑んだ。身体が縦に伸び、落下が止まった。膝に目を遣った。肉が裂け、血が噴き出している。

崖の下まで僅か二尺（約六十一センチ）である。月草は蔓を伝って下り、岩に腰を下ろした。

耳千切れは、二間（約三・六メートル）離れたところに横たわっている。腰の骨が砕けたのだろう。血に塗れた下肢《かし》は伸び切っていた。

耳千切れが、唸り声を上げながら前脚で石を掻き始めた。月草に這い寄ろうとしているのだ。思わず月草は、大きめの石を拾い上げると、頭の上に持ち上げた。それでもなお、耳千切れは這い寄ろうとしている。

何て奴だ。もう、俺を襲うことは出来ないのに。

止《とど》めを刺すことがためらわれた。石を傍らに捨てた。

それよりも、膝の手当をしなければならない。爪先を地面に付けるだけで痛みが奔った。膝の皿が割れたらしい。

歯を食い縛りながら褌《ふんどし》を外し、膝にきつく巻いた。

草庵に戻るには、目の前の崖を上るか、岩場まで行き、岩を伝って上るか、二つに一つだった。片足で上り切れるだろうか。崖を調べた。木の根や岩を足掛かりにして途中まで上り、崖上の木から垂れている蔓を摑めば、何とかなりそうな気がした。左足は宙に浮かせていればいい。

崖を上ることに決めた。

両の手には血が付いている。蔓を持つ手が滑ってしまう。小便《ゆばり》で血を洗い流し、蔓に手を掛けた。

何とか崖を上り終えた月草は、地面に背を付けて暫く呼気を整えると、竈に向かって這った。山刀と長鉈を鞘に納め、水の残りがどれくらいあるか、竹筒を振った。一本は満水に近く、もう一本は殆ど空だった。薬湯を作るには十分であったが、傷口を洗う分まではなかった。しかし、今はそれで間に合わせるしかない。

山刀と長鉈、それに竹筒を鍋に入れ、草庵に戻りながら、血止め草と蓬を摘み足しておくのだったと悔いた。草庵に置いてあるものは、二日前に摘んだもので、今はくったりと萎《しお》れている。摘み立てに近い程血止めの効果があるのだが、それを望んでも仕方がなかった。草庵に入った。

傷口の手当を始めた。笈を開いて、褌と股引を取り出し、膝に巻いていた褌を外した。傷は深い。血が盛り上がり、膝裏に流れ落ちた。急いで血止め草と蓬を揉んでみた。僅かだが、汁が滴り落ちた。まだ効く。月草は傷口に揉んだ葉を置き、その上から取り出した褌をぐるぐると巻いた。

そして、山刀と長鉈の鞘を添え木代わりに膝の両側に当て、股引で縛り付けた。皿が割れているのなら、今夜か明日には、熱が出るかもしれない。

笈から日干しした秦皮《あおだも》の木の皮を入れた竹筒を取り出し、鍋に水と木の皮を入れ、薬湯を作ることにした。

囲炉裏の底を探ったが、火は燃え尽きていた。笈から艾《もぐさ》を取り出し、火打ち石を火打ち金に打ち付け、火花を艾に落とした。火種が出来た。床から乾いた草を引き抜き、燃し付けて火を熾した。直ぐに鍋の底を火が這い上がり始めた。

左足は、当分の間使いものにならないだろう。歩けないということは、食べるものを手に入れられないということだった。

手持ちのものはどれだけあったか。頭の中で並べ立ててみた。

雨の日のために、大切に残しておいた干飯が一握り。米は竹筒に三分の一。味噌と塩はまだあったが、ただ嘗めていても腹は満たされない。

動けるうちにやれることはやり、何としても生き抜かねばならない。

榧、と月草は心の中で呼び掛けた。とんでもないことになっちまった。《逆渡り》を続けられるか分からんぞ……。

頭をもたげて囲炉裏を覗いた。火が消えそうになっている。小枝を継ぎ足した。

パチパチと枝の弾ける音に混じって、何かの鳴き声がした。耳を澄ませた。

崖の下から聞こえてきている。

耳千切れの声だった。小さな声が、次第に大きくなってきた。仲間を呼ぼうと、遠《とお》吠《ぼ》えを始めたのだ。

今ここで、山犬どもに襲われでもしたら、万に一つも生き延びることは出来ない。止《や》めさせなければ。

炎が燃え上がらない程度に鍋の下に枝を詰め、草庵から這い出した。石を投げ、打ち殺すしかなかった。

なぜ、あの時に殺してしまわなかったのだ。なぜ、ためらってしまったのだ。

己を責めながら、崖の縁から見下ろした。

耳千切れが、前脚で石を掻きながら、口を窄《すぼ》め、遠吠えを続けていた。

「止めろ」月草は叫んだ。「止めないと、殺すぞ」

石を投げ付けた。耳千切れの近くに落ち、跳ねた。

耳千切れは、ちらと石の落ちた辺りを見てから、崖の上にいる月草を振り仰いだ。

そこに至り、はたと気が付いた。そうか。仲間はいないのだ。

月草は笑い声を上げ、耳千切れに言った。

「分かっているぞ。おまえには仲間はいないんだ。一匹で来たのが何よりの証《あかし》だ。その遠吠えは脅しだろう。ばかめが、死ぬまで吠えていろ」

月草は、石をもう一つ投げ付けると、左足を庇《かば》いながら草庵に引き返した。囲炉裏の火が燃え落ちるところだった。

秦皮の薬湯を空いている竹筒に入れ、粥を作り始めた。味噌粥にして、食べられるだけ食べ、目を閉じた。

膝がじんじんと痛んだ。

薬湯と粥で、水は殆ど使い果してしまった。汲みに行かねばならないことは分かっていたが、それを今にするか、少し後にするか、で迷った。後にしたら、痛みや熱で身動きが取れなくなるかもしれない。だが、この身体で崖を下り、河原を横切って水辺まで行って来られるのか。途中で倒れたら、どうするのだ。

迷っている己と、それを叱る己がいた。叱る己が勝った。

水を入れる竹筒を二本。中に入れていた薬草を取り除いたものを二本。計四本の竹筒を腰から下げ、草庵を出た。

添え木に使っている鞘に山刀を差し、杖に縋《すが》り、崖の端まで行った。右足で踏ん張っているだけでも左足に激痛が奔った。

耳千切れは、同じところに横たわっていた。月草は滑り落ちないように、右足と両手で身体を支え、ゆっくりと崖を下りた。

耳千切れが足掻《あが》きながら、月草の動きを見詰めている。

「おまえを殺しに来たんじゃない。水だ、水。分かるか」

耳千切れが唸った。まだ心は萎《な》えていないらしい。

「見上げた根性だな。えらいもんだ」

月草は杖を突き、恐る恐る河原を進んだ。耳千切れが唸り続けている。

「おまえも、咽喉が渇いたか。だが、やらんよ、おまえには。飲みたかったら、這え。這って飲みに行け」

月草は何度か転びそうになりながら、河原に辿り着いた。川の縁に腰を下ろし、左足を投げ出して顔を流れに浸《つ》け、思う存分水を飲んだ。

「美味《うま》い」

口から溢れ出した水が、胸許に流れ落ちる様を耳千切れに見せ付けた。添え木を取り、膝に巻いていた褌を解いた。

膝の傷口からの血は止まっていたが、腫れてきていた。曲がらない左足を宙に浮かせ、そっと水に浸けた。ひんやりとして気持ちがいい。痛みも引いていく。月草はそのまま横になった。

耳の下から川の流れる音が響いてきた。流れよりも遥かに激しい音である。目を閉じていると引き込まれそうだった。目を開けた。青い空が広がっていた。

ふと、苛立《いらだ》ちが胸の内に芽生えた。手に触れた石を摑み、耳千切れに投げ付けた。河原の石にぶつかり、跳ね飛んだ。

川から足を上げ、拭き、再び褌を巻き、添え木を当てた。

水を汲み、汚れものを洗い終えた後、川に沈めていた枝を引き上げてみた。山女《やまめ》と鮠《はや》と川海老《かわえび》が獲れた。石の上で跳ねている。それらを洗ったばかりの褌で包み、竹筒と共に腰に下げた。足に当たりひどく歩きにくい。

竹筒を帯に差し移し、出来る限りそっと歩き始めた。身体がひどく揺れた。薬草を入れていた竹筒の水は殆どが零《こぼ》れ、月草の下肢を濡らした。

「見ろ、このざまだ」

月草は耳千切れに声を掛けた。耳千切れは、吠えもせず、凝《じ》っと月草を見ている。

「どうした？　唸らないのか」

耳千切れの腰に目を遣った。下の石が黒く濡れている。血だけではなく、水のような大小便を垂れ流していた。

「相当ひどそうだな」

杖を突いて、近寄った。耳千切れが、牙を見せた。

まだ気力があるのか。

月草は帯から竹筒を抜くと、耳千切れから二間（約三・六メートル）程離れた岩に腰を下ろし、残り少なくなった水を口に含んだ。耳千切れが舌を垂らしている。息が早い。

「欲しいか」耳千切れに訊いた。

目を見た。耳千切れも、月草の目を見ている。ここまで俺を追って来て、その挙《あ》げ句《く》がこのざまでは、さぞ悔しいだろうな。

水を分けてやろうか。死に水になるのなら、それもいいだろう。

「助けるんじゃないぞ。単なる気紛《きまぐ》れだからな。嚙み付くなよ」

月草は、もう一本の竹筒をまた帯に差すと、杖に縋って耳千切れの側に寄った。

耳千切れが両の前脚で空を掻き、唸った。

「分からん奴だな。水だ。水はいらんのか」

杖を支えに立ち止まると、竹筒を耳千切れの口の上、二尺（約六十一センチ）程のところに翳《かざ》し、たらたらと水を滴らせた。

耳千切れの顔に、口に、水が落ちた。耳千切れの舌が口の周りを嘗め回している。

「その分だと、腹も減っていそうだな」

腰に下げた褌を外し、中から鮑を取り出し、耳千切れの口許に放った。

耳千切れは、少しの間においを嗅いでいたが、意を決したのか、顔を石に擦り付けるようにして鮑にかぶり付いた。

「食え。食って、死ぬまでは生き続けろ」

月草は山女と川海老も放ると、褌を懐にしまい、岩場に向かった。足が痺れるように痛んだ。やはり、下りて来たのは無理だったのかもしれない。耳千切れが山女に食らい付こうとしているのか、脚で石を掻く音がした。

三

気が付くと、夜になっていた。

川から戻った後、倒れるように寝てしまったのだ。熱が出て来たのか、身体がだるく重い。

囲炉裏の脇に立てておいた秦皮《あおだも》の薬湯を飲み、目を閉じているうちに、また眠ってしまった。

首筋を流れる汗で、目が覚めた。

膝は火照り、ひどく疼《うず》いている。熱を持っているのだ。薬湯の残りを飲み干した。新たに薬湯を作らなければならないが、火は完全に燃え落ちていた。火種から熾すのは面倒だったが、火がないでは済まされない。それに、眠ろうとしても、暫くは目が冴えて眠れないだろう。その時に、何を考えるのか。気を紛らわすためにも、手を動かしている方がいい。

月は雲に隠れており、草庵の中は闇である。笈の扉を開け、手探りで艾《もぐさ》と、火打ち石と火打ち金を取り出した。

小さな火が次第に大きくなり、鍋底を炙り始めた。後は、火を絶やさないようにして秦皮を煎じるだけだ。

思い付きで、米を鍋に落とし入れた。薬湯の粥である。何でもいい。食べさえすれば、力になる。枝を燃やし続けた。

杓子《しゃくし》で上澄みを啜《すす》り、煮えた米は掬《すく》って食べた。腹が塞がったところで、火床に灰を被せ、眠ることにした。

目を瞑《つむ》ると、不安が押し寄せて来た。これから、どうなってしまうのか。

駄目だ。考えるな。

闇の中で、左足の痛みに顔をしかめていたが、熱気《ねつけ》と腹に入れた粥の温みのお蔭で、いつしか眠りに落ちた。

薄暗い道を歩いている夢を見た。

膝の痛みで、目が覚めた。夜は明けていた。曇っているのか、日差しはない。

身体を起こして、膝に手を当てた。丸太のように腫れ上っている。冷さなければならないが、貴重な飲み水を使う訳にはいかない。

どうして、こんなところに草庵を作ったのだ？　八つ当たりと知りつつ、自らに悪態を吐いた。

突然、耳千切れが遠吠えを始めた。長く尾を引くような吠え方だった。

今更、脅しか。存外、知恵が足りぬ奴だ。笑おうとした。吠え声は続いている。

ひょっとして、どこかに仲間がいるのか。

一瞬、背筋が寒くなった。

近くに四三衆はいなくとも、木面衆が、谷衆が、あるいは石神衆がいないとは限らない。

そういうことか。他の群れを呼んでいるのか。

水を、魚を、海老をくれてやったではないか。恩義というものを知らんのか。

草庵を出、這って崖の縁まで行き、下を覗いた。石に付いた黒い染みが横に拡がっている。染みの先の、崖の上り口に近いところに、耳千切れはいた。動いたのだ。

執念だな。

耳千切れが、顔を上げ、月草を見た。

邪魔はしない。やるだけ、やってみろ。その代わり、二度と、水も魚もやらんぞ。

月草は足を投げ出して座ると、辺りの林を見回し、丁の字の形をした枝を探した。

脇の下に支えのある杖を作れば、片手が空き、武器が持ち易くなる。

なかなかいい枝振りのものがない。林に分け入れば、見付けられるのかもしれないが、足場の悪いところには踏み込みたくなかった。もう一度、同じところを、今度はゆっくりと見回した。

葉叢の間から椢の若木が見えた。枝がすらりと伸び、空を覆う雲を指している。どうして気が付かなかったんだ。

月草は杖に縋って近付き、枝を調べた。手の届くところに丁の字とは言えないが、近い形をした枝があった。

椢、どうやらおまえに助けられそうだぞ。

木の間から覗いた空が、椢の顔に見えた。

草庵に取って返し、長鉈を手にして、椢の幹にしがみ付き、長鉈を打ち付けた。枝は難なく折れた。小枝を払い、引き摺って竈の前まで運んだ。

石に座り、長鉈と山刀で形を整えながら、鍋を火に掛けた。昨夜の薬湯粥に水と米を足したものだ。新しい杖が出来る頃には、粥も食べ頃になっているだろう。

長鉈で木を削る音が気になるのか、耳千切れが吠え続けている。長く尾を引く声が、谷間に木霊《こだま》した。

耳千切れが吠えるのを止めてから、一刻近くになる。力が尽きたのだろう。無理もない。殆ど飲まず食わずの上、傷は重い。

これまでだな。

月草にしても、似たようなものだった。米は、底を突きかけている。杖を頼りに、里に下るしかない。四万の湯まで歩けなければ、死ぬだけである。しかし、身体がだるく、起き上がることさえままならなかった。熱が高くなったのだ。頭を上げると、目眩《めまい》もした。

秦皮の薬湯を飲み、目を閉じた。

雨の音で、眠りの底から引き起こされた。激しい降りだった。飛沫《しぶき》が立っている。

慌てて、鍋と竹筒を外に出した。

梁に掛けた渋紙を伝って落ちる雫《しずく》は掌に受けて飲んだ。身体をずらし、左足を外に出し、雨に当てた。腫れた足に、雨が心地いい。

吠えたい気分だった。

そうか、と耳千切れのことを思った。奴め、雨の気配を知り、焦ったのか。

あの傷で、この雨だ。命を永らえることなど出来まい。ここまで、よくやった。褒めてやるぞ。

俄《にわか》に、里まで下りられそうな気がした。

雨を見詰めた。白い幕が棚引くように降っている。

夜になって、熱がまたぶり返した。ひどい寝汗を掻き、寒気に襲われた。

引き回しを身体に巻き付けたが、震えは一向に収まらない。歯ががちがちと鳴った。

雨は、まだ降り続いている。鍋に水が溜まっていたが、温める気力がなかった。左足を伸ばしたまま、出来るだけ身を縮めた。雨が吹き込み、敷き草を濡らしている。

稲光が奔った。辺りを一瞬青白く浮かび上がらせ、暫くの後、雷鳴が轟《とどろ》いた。光と轟音が幾たびか続き、次第にその間隔が狭くなった。草庵の上で、光と音が炸裂し、月草は思わず首を竦《すく》めた。

雷鳴が次第に遠退いていくのが分かった。激しい雨に打たれ、草庵に掛けていた干し草の半分が落ちている。明日、直さなければ。そう思っているうちに、眠ってしまったらしい。気が付くと、朝が来ていた。日が射している。

膝は相変わらず痛み、熱の下がる気配もない。湯を沸かすどころか、起き上がることすら出来なかった。

……奴は、どうしただろう。

耳千切れのことが気になった。

生きているのだろうか……。生きていたとしても……、あの雨だ。どっちが先に逝《ゆ》くか、だな……。

笑おうとした途端、唇に痛みが奔った。割れたのだろう。血の味がした。目を開けているのがつらい。眠ることにした。このまま、目覚めなくてもいい。

どれくらい経ったのか。

物音がした。

何かが草庵の周りを歩き回っている。山犬だろうか。山犬にしては重く感じる。何だ？　目を開けようとしたが、目脂《めやに》で瞼《まぶた》が上手く上がらない。草庵の中を覗き込んでいる。光の向こうの影は、人のものだった。

影が草庵に入り込んで来て、月草の肩を揺すった。

「おい、生きてるか」

答えようとしたが、咽喉が干からび、声が出なかった。微かに唸り声が出ただけだった。

「こっち、見ろや」

別の声がした。遠かった。

「生きているぞ」

誰のことだ？

山犬の吠える声が聞こえた。耳千切れか。

まだ生きていたんだ。すごい。何てすごい奴だ……。

「殺して、楽にしてやれ」

草庵に入って来た影が、振り返って怒鳴った。

待て。殺すな。叫ぼうとしたが、声にならない。

耳千切れの吠える声が、甲高い絶叫の後、唐突に途切れた。

あいつは、俺を殺そうと、あの雨にも耐えて、必死で生きていたんだ。それを、それを……。

不意に、涙が溢れ、耳に落ちた。

「大丈夫か？」

影が声を掛けた。摑み掛かろうとしたが、身体が動かなかった。月草は、気を失った。

# 第七章　姥捨《うばす》て

## 一

目を覚ますと、天井の丸太が見えた。小屋の中であるらしい。どこだ？　思った瞬間、草庵に入って来た人影を思い出した。そうか。助けられたのか。

月草は、そっと首をもたげて、小屋の中を見回した。

狩りの時に寝泊まりする小屋なのだろうか、大きさは三坪程であった。囲炉裏が切られ、床の半分は土間になっていた。

窓は、側面に押し上げ戸が一つ設《しつら》えられていた。煙を逃し、明かりを採り入れるためなのだろう。

出入り口は一ヵ所だけだった。戸は丸太を蔓で編んだ頑丈なもので、内側に撥《は》ね上げるようになっていた。今は戸が開いており、外が見えた。木々の葉が日を浴びて光っている。

あれから、と膝を見下ろしながら思った。ここに連れて来られたのか。

手当を受けたらしく、膝には布が巻かれ、新しい添え木が当てられていた。男たちが何者かは分からなかったが、悪意のある者たちとは思えなかった。

周りを見た。笈はあったが、山刀と長鉈がなかった。

笈を引き寄せ、中を調べた。すべて封を開けられた跡があった。榧《かや》の遺骨を入れた竹筒の封を解いた。遺骨に変わりはなかった。

一先《ひとま》ず安堵していると、小屋の外で声がした。笑い声を立てている。

男が二人、戸口に立った。

二人とも山の者ではなかった。里の百姓に見える。年は月草よりも幾つか上であるらしい。二人の手には、山刀と長鉈が握られていた。使っているのだ。

「気ぃ付いたか」背の低い方が言った。耳千切れを殺した男の声だった。

「助けていただき、何とお礼を申し上げたらよいのか」月草は、寝たままで顎《あご》を引くようにして頭を下げた。

「丸二日、寝ていたぞ」背の高い方が言った。草庵に入って来て、月草を揺すった者だった。

「まあ、飲めや」背の低い方が、囲炉裏に掛けた鍋から、椀に薬湯を注いでいる。鍋も、月草が持っていたものだった。土間に、鉉《つる》の壊れた鍋があった。丁度よいからと、使っているのかもしれない。

鍋や、山刀と長鉈については触れず、椀をありがたく受け取り、飲んだ。接骨木《にわとこ》の葉を煎じたものだった。接骨木は痛み止めに効いた。火が落ちてから、さほど時が経っていなかったらしく、まだ温《ぬく》かった。

飲み終え、礼を言って椀を戻してから、改めて尋ねた。

「ここは？」

「墓ん中だ」背の高い方が言った。

「墓……」

「のようなもんだ」背の低い方が言った。「後で話してやるだよ。その前に、名前も知らねえんでは話にならねえ。おらは五兵衛《ごへえ》、こいつは万作《まんさく》。おめえさんは？」

「四三衆の月草と申します」

「山の者だとは分かっていたが、山の者の持ち物はいいな」

万作が指の腹で山刀の刃を撫でた。

小屋の隅には、渋紙と引き回しも吊《つ》り下げられていた。

「気に入ったら、使っていてください」あげるとは言わなかった。命を助けてもらったのである。何か礼をしたかったが、山の者としては山刀と長鉈は手放せるものではない。後で悶着の種になりそうな嫌な気がしないではなかったが、敢《あ》えて無視した。

「そうさせてもらってるだよ。でも、いいよなあ」五兵衛は、手にした長鉈を振り下ろす真似をしながら言った。

膝が疼《うず》いた。手をそっと布に当てた。布に何かが塗られている。丸太を半分に割って作った台の上に、接骨木の葉と枝を細かく刻んだものがあった。その脇に、擂鉢《すりばち》と擂粉木《すりこぎ》が置かれてい、擂粉木の先には擂り潰した葉のようなものが付いていた。

どのような手当を受けたか、一目で分かった。接骨木の葉と枝を擂り潰して水で練り、布に塗って貼ってくれたのだ。それを貼っておくと、痛みが消え、折れた骨が早くつながることから、接骨木の名が付いたとも言われている、骨を折った時の最良の手当だった。

痛みが随分と引いているのも、接骨木のお蔭だと思えた。月草は、再び礼を言い、頭を下げた。

「気にするな。困った時は相身互《あいみたが》いと言うでねえか」

「そうだ。細かいことは言いっこなしだ」万作が、山刀を鞘に納めながら言った。

「……………」

言葉が途切れた。

「……あの、墓、というのは、どういう？」ややあって、月草は疑問を口にした。

「死ぬために捨てられた者が、建てた小屋だからだ」五兵衛が天井を見上げて言った。

五兵衛が小屋の在《あ》り処《か》を教えた。月草が見た沢の両側に対《つい》のように聳《そび》えていた山の、右側の山の中腹近くだった。

「谷を挟んだ向かいの山の天辺《てっぺん》近くに地蔵平《じぞうだいら》という平らな土地があってな。近くの村の者らが、年老いた者の捨て場にしてきただよ……」

対の山は、山崩れが起こる前は一つの山であったところから、里の者は二つ並べて《不入の山《いらずのやま》》と呼び、山入りを禁じ、姥捨ての山にしたのである。

不入の山に住み始めたのは、五兵衛らが最初ではなかった。

この辺りの里の者は、六十歳になると、山へ捨てられた。六十を区切りとしているのは、四三衆と同じである。その中のある者が、まだまだ死ぬには早い、と山で生き抜くことを考えた。冬の間は密かに山を下り、遠くの里で寺男《てらおとこ》として過ごした。春になってから山に戻り、小さな庵《いおり》を編んで住み、次に捨てられて来る者を待った。次の捨て人と二人して、小屋を建てた。それが、今、月草が世話になっている小屋だった。今から十二年前のことになる。それ以来、捨て人らが集い、細々とだが生き抜いてきたという話だった。

「六十で弱る奴もいれば、七十、八十でも若い者に負けぬ者もいる。それを一括《ひとくく》りに捨てて知らん顔を決め込んでいる若い奴どもに、一泡吹かせてやってるだよ。まあ、大した泡じゃねえけんども」万作が黄色い歯を覗かせて笑った。

「あの山犬と戦ったのか」五兵衛が訊いた。

詳しく話すのは、今でなくともいい。取り敢えず、そうだと答え、谷底にいた月草に、どうして気が付いたのか、尋ねた。

「下の方に湯が湧き出しているところがあるだ。そこに行く途中に、あそこが見下ろせる岩場があってな。山犬がよく吠えるもんだから見に行ったら、何か様子が変だ、ってことになっただよ」

「それでは……」耳千切れの遠吠えに助けられたことになるのか。

「かもしれねえな」

「あんなところで、何してただ？　それも、独りでよ」万作が訊いた。

月草は、六十を過ぎると渡りに加われないことと《逆渡り》であることを話した。

「気ぃ悪くしねえでくれ。笈の中、見させてもらっただ」万作が言った。「したら、人の骨があったんで、何かと思ってたんだが、それで分かった」

万作が五兵衛の顔を見た。

「どこに行くにしても」と五兵衛が言った。「その足では無理だ。養生がてら、ここで暮らしたらいい。おらたちゃ、一向に構わねえ。似たような身の上だしよ」

「互いの顔も見飽きてるしな」

「そう言うこった。山の衆の話が聞けるなら、退屈しねえで済むってもんだ」

「一人増えると、食べるものが」月草が訊いた。

「どうにでもなる。心配するこたねえ」五兵衛が言った。

「おらたちにゃ、知恵ってもんがあるからな」万作がもっともらしく言った。

遠くの村に下りて、摘んだ薬草を売り、塩と米を得る。それで山菜や川魚を塩漬けにし、冬を過ごすのだ、と万作が言った。

「時たま、頂戴《ちょうだい》することもある」

「頂戴する？」

下りた村の家に忍び込み、盗みを働くのだ、と万作が得意そうに言った。土間にある壊れた鍋も、擂鉢も擂粉木も、戦利品であるらしい。

「きれいごとばかりじゃ、生きていけねえもんでな」五兵衛が言った。「茜と一薬草はもらうぞ。茜は痩せっぽちだけど一薬草の方はいい値が付きそうだ。月草さんも、薬草には詳しいようだから、そのうちに足馴らしがてら、一緒に薬草採りをしねえか。そうすりゃ、一人分の食《く》い扶持《ぶち》を稼ぐなんぞ、造作もねえ」

好意を受けることにした。

「それがいいだよ」

「役目を言い付けてください。飯なら炊けますし、手仕事なら手伝えますから」

「それは杖を突いて動けるようになってからの話だ。今は無理しなくていい。茜と一薬草っていう土産があるんだから」

楽にしていてくれや。言い残すと五兵衛は、万作を促して、戸口の外に出て行った。手には長鉈が握られていた。万作がひょこひょこと続いた。万作もまた、山刀を持ったままだった。

二人が、外で何かを引っ張っている。蔓であることが、話し声で知れた。どうやら、蔓で何かを作ろうとしているらしい。

月草は木の枕に頭を落とすと、戸口の上に細く見える空を見上げた。青く、どこまでも澄んでいた。

二

翌日、小屋の周りだけ杖を突いて歩いてみた。杖は、万作が草庵の傍らから拾って来てくれた、月草が椢の若木で作ったものだった。小屋に来て四日目のことである。

これまで外に出たのは、厠《かわや》へ行く用の時だけだった。厠は、穴の両側に石が置かれ、腰掛けられるようになっていた。おらが考えただ、どうだ、楽だろう。万作は胸を反らすと、続けて言った。

「この辺りには、里の者は入っちゃ来ねえが、おらたちゃ死んでなければならねえ身の上だ。見付からねえように用心してくれよ」

月草は五兵衛と万作が山を歩き回っている間、外に出て杖を突いて歩くことにした。脇の下に杖の先を当て、左足を伸ばしたまま地面に着かないようにして歩くのだが、時折爪先が地面に触れてしまう。その度に、膝に響き、激痛が奔《はし》った。こんな調子で治るのか、と不安に駆られることもあったが、治らなければ、杖を使うまでのことだ、と割り切った。生きるためには、動けるようになるのが、まず第一だった。

小屋に来て、十日が経った。月草の杖の扱い方を見ていた五兵衛が、もう行けるだろうからと、湯浴《ゆあ》みの場所に案内してくれた。

「洗うものがあったら、持ってくといいだ」

そこは、藪を抜けた先の崖下だった。崖を下りるには、蔓を伝うしかない。数本の蔓を縒《よ》り合わせたものが吊り下げられていた。

杖を帯に差し、蔓を握り締め、右足で崖面を蹴るようにして八間（約十五メートル）程下がると、岩盤に出た。そこから更に六間（約十一メートル）下の岩盤の亀裂から湯が湧き出していた。こちらにも太い蔓があり、月草も何とか下りることが出来た。

「蔓を太くしといただが、具合はどうだね。おまえさんが下り易いように、してみただが」

五兵衛が蔓を顎で指した。七日程前に、五兵衛と万作が小屋の外で蔓を引っ張り合っていた。俺のために、蔓を太くしてくれていたのか。

山刀や長鉈を取られやしないか、と気を揉《も》んでいた己が、ひどく恥ずかしく思われた。二度と疑うまい。礼を言うことで誤魔化《ごまか》した。

「おまえさんがいた谷底な、あそこから見えるだよ」

最初の岩盤から、山を巡って十七間（約三十一メートル）程行ったところにある岩場のことだった。小屋から少し上れば、姥捨てが行われる地蔵平もよく見えるらしい。

「つまりは、向かいの山のことも、谷底のことも、おらたちにはみんなお見通しなのさ」

五兵衛の笑い声に促されて湯に入った。かなり熱めだったが、肌に噛み付く程ではない。気持ちがよかった。

川の水は何度となく浴びていたが、湯に身体を浸《ひた》すのは、五木の蔦の小屋に泊めてもらった時以来のことになる。思わず、湯の中で身体を伸ばした。

「極楽だろう？」

素直にそう思えた。頷いた。

「地獄に送られたはずなのに、な。まさか、こんなところで極楽気分を味わおうとは、思ってもみなかったってか」

「手前も、もう死ぬのだ、と観念していました」

「分からねえもんだな、先のことは」

突然、栃《とち》が死んだ時のことが脳裏をよぎった。飛来した石に頭を打ち砕かれ、血煙の中に沈んでいった。その寸前まで、あんなに元気にしていたのに。

湯を掬い、顔を洗った。身体を捻ろうとして、足に力が入ったのか、膝が痛んだ。

「まだ骨はくっ付いちゃいねえ。曲げちゃだめだ」

二日に一度、接骨木を粉にしたものを貼り換える時に添え木を外すだけで、後はきつく縛って膝が動かないように固めていた。ために、股《もも》も脹脛《ふくらはぎ》も硬くなっていたが、骨が付くまでは曲げてはならない。

「湯は効くから、明日から通うといい。二月《ふたつき》もすれば、付くだろうしよ」

夏が過ぎ、秋になってしまうが、仕方のないことだった。

「そうさせてもらいます」

「そんな他人行儀はなしだ。おらたちゃ、力を合わせなきゃ、生きてかれないだよ」

洗い物を済ませたら、帰るだ。膝の手当をし、万作の不味《まず》い粥でも啜ろう。月草は五兵衛に笑い返すと、急いで褌《ふんどし》と襯衣《したぎ》を洗った。

洗い物を首に巻き、蔓を上ると、崖の上まで万作が迎えに来ているのが見えた。

「どうだ、湯は？」

極楽だった、と答えると、黄色い歯を盛大に剝《む》き出した。

耳千切れの歯に似ていた。

あの死骸はどうなったのか、とふと思ったが、忘れることにした。

奴は死に、俺は生き残ったのだ。


更に十日が過ぎた。蟬《せみ》がうるさい程に鳴き、雲の峰が高く盛り上がっている。夏が来たのだ。もう疾《と》うに辰の里に着いているはずの頃だった。それが、未だに三国峠を越えてもいない。

待つ者も、着いたと知らせる者もいないのだから、焦る必要もなかったが、大幅に遅れるのは、意気込んで出立して来ただけに、どこかで鼻白む事《こと》があった。舌打ちしたいのを堪《こら》えて、湯浴みに通った。

蔓を伝って下り、刺し子を脱ぐ。刺し子は生地が厚いので、洗うとなかなか乾かない。

夏の日差しのあるうちに洗っておくか。

岩に腰掛け、右足で踏み洗いをし、濡れたそれを着て、小屋まで帰った。乾くまでは襯衣で過ごした。

昼餉と夕餉の後には、接骨木の枝と葉を擂った。細かく切ったそれらを、擂粉木で潰しながら擂るのである。粉のようには擂れなかったが、効き目に変わりはない。水で練って布に塗り付け、膝に貼り、添え木を当てた。

薄紙を剝《は》ぐように、とはいかなかったが、爪先を突いた時の痛みが随分と和《やわ》らいできていた。

あと一月もすれば、添え木を外せるだろう。

その夜はご馳走だった。万作が水源《みなもと》の岩場近くで雉《きじ》を捕えたのだ。水浴びしているところを、石で打ち殺したらしい。

「こんな大当たりは、生まれて三度目だあ」

夕餉は雉雑炊となった。

万作が雉の始末を始めると、五兵衛が蔓を編んで籠を作り出した。雉の臓物を餌にして狸を捕えるのだそうだ。

「ここらの狸はなかなか賢くてな、掛からないんだよ」万作が羽根を抜き取りながら言った。

「今度は工夫したから、見てろ」

「ああ、見てるだよ」

万作は雉の首を摑み、大きな羽根を毟《むし》り終えると、小屋に入り、囲炉裏の火にかざして細かな羽根を燃やした。再び外に出て来ると、脚を折って筋をそっと引き抜いてから、肉を捌《さば》き始めた。緩急を付けた手の動きが慣れを物語っていた。

「上手いものですね」

「まあな」

万作は目を細め、鼻先に皺を寄せると、脚と首を切り落とし、胸を開いて臓物を取り出した。

「鍋を持って来ましょうか」

「頼めるかい」

「それくらい、させてください」

「じゃ、手を洗うんで、水もな」

瓢簞《ひょうたん》の柄杓《ひしゃく》で水を汲《く》み、万作の手に注いだ。万作は丁寧に手を洗い終えると、鍋に骨を落とし入れ、

「これを煮出すと美味い汁が出来るだよ。そこに肉と米を入れる。こんな美味《うめ》えもんは二つとねえぞ」

舌なめずりをしながら言った。

その間に、五兵衛は狸を獲る仕掛けを作り終えていた。狸が餌の臓物を取ろうとすると、籠が落ちるようになっている。

「どこが工夫なんだ？」万作が訊いた。

籠の真ん中に山刀を下に向けて差しておくことだった。

「これなら、暴れられめえ。一発でお陀仏《だぶつ》だあ」

早速仕掛けてみた。においを嗅ぎ付けた狸がやって来たが、思いの外暴れられ、見事に逃げられてしまった。結局狸汁は食べられなかったが、この日の雉雑炊は極上の味だった。

三人で思わず笑いながら食べてしまった。

数度にわたり、山が崩れそうな大雨が降り、その度に夏が確実に通り過ぎて行った。虫の声も聞こえ始めた。

五兵衛と万作は、薬草採りに山を歩き回っている。月草は湯浴みをする時以外は小屋に留まり、薬草の始末をしながら夕餉の支度をすることになった。水源まで水を汲みに行く仕事は、添え木が外れてからということで、五兵衛と万作が交替で行っている。

二人は日が傾く頃に戻って来る。薬草を摘むついでに採って来る茸や果実も楽しみの一つだった。

昨日は黒豆の木から実を採って来た。月草も好きだったが、椢の好物でもあった。もう少しすると、紫黒色の実に白い粉が吹く。その頃のものが熟していて一番美味いのだが、早めでも十分美味い。喜ぶ月草を見て、二人が食えと言う。まだまだ幾らでも生《な》っているんだ。全部おらたちのもんだ。遠慮はいらねえ。口いっぱいに頰張り、嚙んだ。甘酸っぱい果汁が口を満たした。椢の顔が、四三衆の皆の顔が、浮かんでは、消えた。

「美味《うめ》えか」万作が訊いた。

「美味《うめ》え」空に向かって叫んで答えた。

「いかったな」と五兵衛が言った。「採って来た甲斐《かい》があったってもんだ。明日も何か見付けねえとな」

今日の土産は湿地《しめじ》などの茸と、まだ青い猿梨《さるなし》の実だった。猿梨は蔓が丈夫なので、四三衆は塒《ねぐら》の繕《つくろ》いに使った。熟した実は、酸味と甘味が程よく交じり合い、格別の美味さがあったが、食べるにはまだ早い。熟したら食べようと、猿梨の実を吊り下げていると、

「罠を仕掛けるだよ」

万作が五兵衛に話している。手を上げ下げしているところから見て、仕掛けに嵌《はま》ると、宙吊りになるような罠であるらしい。

何を獲るのか、訊いた。

猪だ、と万作が答えた。山の芋を掘り返した跡があった。

「猪を獲れば、一冬分の米と換えられるだ」

「この辺りにも、猪が出るのですか」

「戸を見てみろや」

丸太を使っているのは、襲われたことがあるからだ、と万作が言った。戸がやたらと頑丈に作られている訳が分かった。

だが猪は、用心深く、あまり人には近寄らないものである。怒らせさえしなければ、襲って来ないはずだ。ここは止めておいた方が、とも思ったが、余計な口出しはすべきではない。控えた。

「大きさと、生け捕りに出来るか、だな」五兵衛が言った。「でか過ぎると重くて運べないし、殺しちまうと、おらたちは近くの里には行けねえから、離れた里に運ぶうちに腐らせちまう」

「捕えてから、決めればいいだよ。でかけりゃ、食えるだけ食う。塩漬けにしてもいい。どうだ」

程よい大きさなら、二人で担ぐべ。万作が五兵衛の顔を覗き込んだ。

「なら、やるか」

「やるべ、やるべ」

二人が罠を仕掛ける場所の相談をしている間に、湿地入りの味噌雑炊を作った。

## 三

小屋に来て約一月半。二度目の新月の夜が過ぎた。

雨と風の日を除くと、毎日のように湯浴みに通っているせいか、力を入れたり、捩《ねじ》らなければ、ほとんど痛みを感じなくなっていた。未だに膝は曲がらなかったが、足を突いて立っているだけなら、杖の必要もなかった。

「大事を取って、あと十日もしたら、添え木を外すか」

月草に異論はなかった。膝の皿を割ってから約二月。頃合である。

その十日の間に二度、雷が鳴った。秋の雷であった。何の前触れもなく、突然大気を震わせて鳴る。雷鳴が去るのに合わせて、柿が赤く熟し、栗の毬《いが》が笑み割れ、虫の音《ね》が大きくなった。秋が駆け足でやって来たのだ。

添え木を外した。膝を曲げてみようと試みたが、強ばった筋が痛み、僅かに動かせるだけだった。

「焦っちゃいけねえ。一冬掛けて、ゆっくりと揉みほぐせばいいだよ」

当分は杖に縋《すが》るしかなかった。

この日、五兵衛と手分けして仕掛けを調べに行った万作が、出たぞ、出たぞ、と叫びながら戻って来た。

暫く姿を見せなかった猪が、また現れたらしい。前に作った仕掛けは、牙でずたずたに引き千切られてしまっていた。

「団栗《どんぐり》を食べに来たんだ。そこで、おら、考えただよ」

団栗が生る小楢《こなら》の木の上に隠れ、飛び降りざまに長鉈で頭を叩き割るんだ、と万作が口の端に泡を溜めて言った。

「ぜってぇ、上手くいくだ」

「危なっかしいだ」

「そんなこたあ、ねえ。大丈夫だ」

「だいたい、それじゃあ死んじまうでねえか」

「生け捕りは無理だ。肉を食うべ」

初めは乗り気ではなかった五兵衛だったが、万作に押し切られ、ならば、と代わりの案を出した。

「手槍を持って飛び降りて、刺すだよ。その方が、上手くいく」

「おおよ、任せとけ」

万作は独り、早めの夕餉を終えると、竹筒に飲み水を入れ、出掛けて行った。これから猪が現れるまで、小楢の上で待つのである。

五兵衛も行く、と言ったが、二人では気付かれるから、と万作が言い張った。確かに二人いると、人の気配が濃厚な分、獣が近寄りにくくなる。

「どんな顔して戻って来っか、楽しみだな」五兵衛は茸雑炊を啜りながら月草に言った。

一刻か二刻の後には、肩を落として帰って来るだろうからと、囲炉裏の火を絶やさずに待っていたのだが、戻る気配もない。意地になって、朝まで木の上にいるつもりなのだろうか。

「ちいと見て来るだ」五兵衛が、燃えさしを手に、小屋を飛び出して行った。

半刻程経っただろうか。

山が、ざわと鳴った。山の者の勘が、ぴくりと頭をもたげた。

左足を投げ出して、囲炉裏端に座っていた月草は、手にしていた小枝を火にくべ、立ち上がった。土間に下り、戸を引き上げる。月明かりは射しているが、梢《こずえ》に遮《さえぎ》られ、森の中は深い闇である。

闇を見据えた。何かが動いた。黒い瘤《こぶ》のようなものが下の方から近付いて来る。

月草は、指笛を低く鳴らした。黒い瘤が動きを止めた。月草か。五兵衛の声だった。

「万作が、やられた」

杖に縋りながら森を下ると、五兵衛が万作を背負い、荒い息を吐いていた。小屋から持ち出した燃えさしは、途中で燃え尽きてしまったのか、手にしていない。暗闇の中を戻って来たのだ。

肩を貸そうとすると、五兵衛は首を振って、駄目だ、と言った。

「腸《はらわた》が飛び出しているだ」

押し込め、褌で縛ってあるが、また飛び出すかもしれねえ。このまま小屋に上がるべえ。五兵衛の後ろに回り、腰を押すようにして、小屋に戻った。

囲炉裏端に万作を寝かせ、野良着を脱がせた。腹に褌がきつく巻いてある。刺し損ね、転んだところを襲われ、牙で腹を裂かれたらしい。

万作の額に脂汗が浮いている。低い唸《うな》り声が口から漏れた。

「どうすべえ」五兵衛が言った。

「縫うしかないですね」

「出来るのか」

「刀傷なら何度もやっているのですが……」腸を押し込んで、となると、縫ったことがなかった。助けられるだろうか。

「やってくれ」と五兵衛は決然と言った。「このまま、見殺しには出来ねえ」

そこまで言ってから、五兵衛の顔色が変わった。針は、あるのか。

「おらたちは持ってねえぞ」

笈の中身はすべて見ている。どこにもなかった、と五兵衛の顔が言っていた。

「あります」

月草は笈を引き寄せると、枠に使われている竹を指さした。

「この中です」

竹の切り口は削った木で封がされており、ただ見ただけでは、中に何か入っているとは思えないようになっていたが、針と糸を渋紙に包んで仕舞ってあった。問題は、糸の長さである。傷口が広ければ、足りなくなるかもしれない。傷口の大きさを訊いた。五兵衛が親指と人差指を広げて見せた。

何とか足りるかもしれない。足りない時は、備えとして入れてある桑《くわ》の根の白皮で間に合わせよう。桑の根の粗皮を剝き、現れた白皮を細く糸状に裂いたもので、山で深傷を負った時は、ほとんどそれを使っていた。

鍋に湯を沸かし、針と糸を入れてから、万作の腹に巻いている褌を取った。褌に腸が貼り付いている。水を掛けながら剝がしている間に、身体の中にあった腸もはみ出して来た。焚き火の明かりを受けて、腸が血に濡れて赤黒くてらてらと光っていたが、ひどい出血の様子はなかった。見えるところには、傷もない。

月草は掌で包むようにして腸を腹の中に押し込むと、針に糸を通した。

「動かないで」

月草は万作に言い、傷の端の皮を摘《つま》み、一針縫って、縛った。万作は低く呻《うめ》いたが、凝《じ》っとしている。

「万作さん、しっかり」

最初に縫ったところから少し間を空けて、また縫った。手に血糊がべったりと付き、針と糸が滑る。水で手を洗い、一針ずつ縫い進めた。計、十五針縫ったところで木綿《もめん》の糸が尽きた。あと二針は欲しい。桑の根の白皮を針穴に通した。縫うのに、木綿の糸より遥かに滑りはよかったが、心配なのは強度だった。からからに乾いた白皮が、腸の飛び出そうという力をどこまで抑えられるかは、試したことがなかった。

縫い終え、洗い立ての褌で腹を巻いた。

痛みで気を失ったのか、万作はぴくりとも動かない。

胸が規則正しく上下しているので、死んだようには見えないだけで、呼吸をしていなければ、土気色《つちけいろ》をした立派な死骸であった。

「助かるだか」五兵衛が訊いた。

「腸が千切れていたら助けようがなかったけれど、傷はなかったですからね。それはよいのですが……」

通りすがりの里で、手当をした村長《むらおさ》の孫娘・咲《さき》の顔が浮かんだ。快方に向かい掛けたところで、高熱にうなされたまま逝《い》ってしまった。

これまでに腸の飛び出す傷を二度見ていた。一度目は戦場《いくさば》でだった。腸をずたずたに搔《か》き切られていたために、殆ど即死であった。二度目は四三衆の者で、崖から転げ落ちて枝で腹を裂き、苦しみ抜いた末に死んだ。

その時、束《たば》ねに聞いた話では、腸に傷がなければ、生死は五分五分、ということだった。月草は、束ねの話を五兵衛に伝えた。

「おらに、何かしてやれることはねえか」

「血がたくさん出て、寒いはずです。身体を温めてやるのが大切です。それと、滋養を付けさせてやりましょう。いずれ熱が出るでしょうが、秦皮《あおだも》の残りと茜があるから、熱冷ましは作れます」

「滋養って、何をどうすればいいだ？」

「元気の出る薬草を煎じてやることです」

「鳴子《なるこ》百合《ゆり》なら、場所を知ってるぞ」

掘り出した鳴子百合の根を湯で洗い、日干しにしたものを煎じると、病後の回復に効いた。

「それがあれば、最上ですよ」

「よし、明日採って来るだよ」

「お願いします」

「おう」

しかし、万作は、五日の間熱と傷の痛みに苦しんだ後、息を引き取った。

遺体は、小屋の裏手を上ったところにある墓地に葬られた。墓地には、卒塔婆《そとば》代わりの木の棒が六本、立ち並んでいた。万作の名が、七本目の棒に刻まれた。

「これで二人きりになっちまっただな」五兵衛が合わせていた掌を解きながら言った。「これから、よろしく頼むだよ」

「こちらこそ、お願いします」

月草は、万作の代わりに五兵衛と日々の仕事をこなすようになった。薬草摘みだけでなく、食用の茸や野草や果実を探すことも仕事のうちだったが、添え木が取れた以上は、水汲みも交替でしなければならなかった。水源は藪を下った先にあった。杖を片手にしての作業は、なかなかはかどらなかったが、根気よく続ければ、五兵衛の手を借りずに必要な量の水を運ぶことが出来た。

月草は黙々と身体を動かした。それが膝を治す一番の方法だと考えたからだった。

だが、その一方で、来年の春になり、この地を去ることになった時に、独り五兵衛を置いて行けるのか。そのことが、月草の心に、澱《おり》のように積もり始めていた。

# 第八章　冬籠《ふゆごも》り

## 一

万作が死んで、十日余りが過ぎた。山は万作の死など知らぬげに、秋の色合いを深めている。

月草らにも、万作の死を悲しんでいる余裕はなかった。冬を越すためには、採り貯めていた薬草を、米などと交換しなければならない。交換するには、小屋から遠く離れた里に下りる必要があった。三国峠を越え、顔見知りのいない土地に行くのだ。

里へは、五兵衛が赴くことになった。月草は、五兵衛が戻るまでの間、二人が一冬中に食べる分の木の実や野草などを採り、干したり、塩に漬け込まねばならない。やることは山ほどあった。

一日の仕事を終え、湯に浸かる。身体を伸ばして暮れゆく空を見ていると、手足の先から疲れが溶け出してゆき、空に浮いているような心持ちになった。

左足はまだ、うまく曲がらない。伸ばしている時は、痛みもないのだが、曲げようとすると、筋が張って痛んだ。湯の中で股《もも》と脹脛《ふくらはぎ》を揉み、もう一度湯に沈んだ。

北国から渡って来た雁《かり》が、鳴き交わしながら峰を越えていく。月草は、雁《かり》が音《ね》が聞こえなくなるまで、見詰め続けた。

朝から日暮れ近くまで杖を片手に山の中を歩き回って採ったものを、翌日一日掛けて洗ったり、干したりした。独りで行うには、これが一番計《はか》が行った。

五兵衛と万作は働き者で、初夏に摘《つ》んだ藜《あかざ》と蕺草《どくだみ》などの若葉を丁寧に干し、蔓の籠に仕舞っていた。蕺草の若葉は独特の臭気があるので、茹でてから水に晒すなど手間が掛かるのだが、臭みはきれいに抜けていた。味噌に和えるとなかなか美味く、四三衆ではよく食べた。その他、春に採った虎杖《いたどり》と独活《うど》の塩漬けがあった。

月草は滑莧《すべりひゆ》を茹でると、日に干している間に、掘って来た森薊《もりあざみ》の根を茹でて、水に晒した。味噌漬けにするつもりだった。釣鐘人参《つりがねにんじん》の咲いている場所も分かっていた。明日か明後日に根を掘り出し、味噌漬けか、塩漬けにしようかと考えている。

犬莧《いぬびゆ》の葉を塩漬けにし終えた月草は、小屋の中の道具調べをした。油桐《あぶらぎり》の種を搾《しぼ》って油を採ることが出来るようなものがないか、探していたのだ。

と言うのも、昨日、山の裏側の傾斜地で、たわわに実を付けた油桐の木を見付けたからだった。だが、手頃なものは何もなかった。ない以上は作るしかなかったが、それは実が熟して落ちるまででいい。

道具探しを切り上げた月草は、薪作《たきぎ》りに掛かった。春までに燃やす薪の量は、小屋一杯分は要る。伐り出し、軒下に積み上げておかなければならない。それが、雪囲いにもなり、熱を外に逃さぬ壁にもなるのだ。

斧《おの》を振って立木を倒し、斧と長鉈で伐り分け、小屋まで運ぶ。息が上がった。まだ身体がなまっているのだ。泣き言を言っても、聞いてくれる者もいなければ、代わりにやってくれる者もいない。黙ってやるしかなかった。

塩を嘗め、水を飲み、何度か山道を往復して、薪を二列積み上げた。

今日は、こんなところか……。

手拭で汗を拭った。手拭は、煮染《にし》めたような色になり、ところどころがほつれている。以前は褌《ふんどし》であったものを、古くなったからと二つに切り、手拭にしていた。

湯浴みをし、雑炊を啜り、油を搾る道具をどのように作るか考えながら、横になった。昼間の疲れから、直ぐに眠ってしまったらしい。

早朝、小屋が微かに軋《きし》んだ。寒い。霜《しも》が降りたのだろう。熾《おき》の上に小枝を載せ、火の点いたところで薪を足した。揚げ戸も押し上げ戸も締め切ってあり、煙の逃げ出す口がない。小屋の中を煙が棚引《たなび》いた。

丸太の一つひとつに目を留めた。太股か脹脛程の太さの丸太である。

月草は、辰の里の小屋のことを思った。建ててから二十五、六年の歳月が経っている。柘植爺《つげじい》が手直しをしていたとしても、かなり傷んでいるはずだった。元から建て直すことになるかもしれない。

独りの作業では、柱は何とか太めのものにしたとしても、他の丸太はそうはいかない。二の腕程の太さにせざるをえない。手頃の木を見付ける。伐り、皮を削り、組み立て、屋根を葺《ふ》く。それには、三月《みつき》以上の時が掛かると見るのが順当だろう。冬の食べ物や薪の用意もある。

そう考えてみると、四三衆のように、老いたからと隠れ里に残していかれるのも、小屋と当座の食べ物の心配がないだけ、心強いことなのかもしれない。

俺は、とんでもない道を選んだんじゃないのか。

思わず月草は、膝を摩《さす》りながら呟いた。

四日後に、五兵衛が蔓で編《あ》んだ大きな籠を担《かつ》いで戻ってきた。

籠の中には、米と焼き固めた堅塩と干し味噌の他、干し納豆や塩漬けの梅などが詰まっていた。

「なかなか渋くて、大変だったけんど」

三国峠を越えた先の越後国では、長尾晴景《はるかげ》と景虎《かげとら》兄弟の間で、守護代の地位を巡る争いが起こっており、多くの豪族が巻き込まれていた。越後を二分する戦いになる、と見て、商人《あきんど》らは兵糧《ひょうろう》を早手回しに買い占めた。だが、越後守護の上杉氏による調停が入ったため、結局戦にはならず、買い占めていたものが宙に浮いてしまっていた。

「それを換えてもらったんだ」

荷を片付けてから、二人で湯に入りに行った。

「おや」と五兵衛が月草の膝を見て言った。「随分と曲がるようになったでねえか」

くの字くらいまでなら曲がるようになっていた。しかし、それ以上曲げようとすると筋が引き攣《つ》れて痛んだ。

「薪とか、随分あって、驚いただよ。よう働いただな」

「いえ、まだまだ働き足りないのは分かっていますから」

「その、畏《かしこ》まった言い方、やめてくれねえか」五兵衛が湯で顔を洗いながら言った。「これからは、二人きりなんだしよ。おら、おめえ、でいいでねえか」

「ありがとうございます」

「ほれ」

「では、そうさせてもらいます」

「ほれほれ」

「少しずつ変えていきますんで、今日のところは、これくらいで」

「そうだな。無理はいけねえな」

崖の草が風に靡《なび》いた。

湯から出ている身体《ところ》が、ひやりとした。秋が行こうとしていた。

「明日は茸狩りに行くべえか」

「いいですね。茸鍋は好物です」

「美味《うめ》えからな。でも、気ぃ付けねえと、毒茸もあるからな」

翌日は朝から茸狩りに出掛け、昼には蔓の籠を一杯にして戻り、始末に掛かった。網茸《あみたけ》、栗茸《くりたけ》、舞茸《まいたけ》は干して乾燥させ、楡茸《にれたけ》、初茸《はったけ》、平茸《ひらたけ》、榎茸《えのきだけ》は塩漬けにした。

「これだけあれば、御《おん》の字だな」

その三日後から、朝晩が冷え込むようになった。

一度寒さが気配をみせると、山は瞬く間に冬に入る。

遠くの山の頂が白くなった朝、雪虫が飛んだ。細かな雪片のように舞い、程なくして消えた。

「もうそろそろ姥捨てだ」五兵衛が空を見上げながら言った。「雪が降りそうな日の前の日に、捨てに来るだぁよ」

雪が降れば、数日も経たずに凍《こご》え死ぬことが出来る。それが幸せだ、と言うだ。おらも、そう言われただ。

「今年は、捨てられるもんがおるかのお」

地蔵平を姥捨ての場所としている近隣三ヵ村に、六十歳になる者がいなければ、その年の姥捨ては行われない。五兵衛は、年頃の者がいたかどうか考えていたが、自身の出た村にはいないらしかった。

「他の村の奴の年までは分からねえけどよ、顔は見れば分かるだよ」

人が増えてもいいか、と五兵衛が訊いた。

「気に入らない奴なら打《う》っ棄《ちゃ》っとけばいいが、こいつなら、と思ったら誘いたいだよ。それで、いいだか」

「お任せします」

「……見殺しにした奴も、多いだよ……」

そのまま凍え死ぬ者や、死ねずに地蔵平の崖から飛び降りる者を、こちらから見ていただ、と五兵衛は言った。

「根性がねえのとか、やたら未練たらしいのは、ここには置けねえだよ」

それが、ここの決まりだ。五兵衛は勢いよく手洟《てばな》をかんだ。

二

六日が経った。鈍色《にびいろ》の空がどんよりと重い。今にも白いものが落ちてきそうである。

「見に行くべ」昼餉の雑炊を啜り終えると、五兵衛が月草に言った。

四日前にも見に行ったのだが、その日は雲が薄れ、日が射し始めたために、姥捨ては行われなかったらしい。

「捨て人がいるなら、今日辺りは来るかもしれねえ」

墓地の脇を通り、四半刻近く上った崖縁の岩場から、向かいの山の頂近くにある地蔵平を見下ろすことが出来た。

地蔵平は、四日前と何の変わりもなかった。人の来た気配がない、ということは、この間、姥捨ては行われていない、ということだった。

「間違いねえ、今日だ……」五兵衛が重暗い空を指さした。

月草は五兵衛と並んで地蔵平に目を遣《や》った。

崖の際にある十坪程の、岩に囲まれた平地である。三つ並んだ縦長の岩が地蔵に見えるところから地蔵平と名付けられたのだろう。

「来るなら、日が傾くまでだあな」

五兵衛が崖から頭を突き出し、耳を澄ましている。

何をしているのか、訊いた。鉦《かね》の音がしないか、聞いているだ、と五兵衛が答えた。

「おめえがいた、あの河原の下辺りまで、村の役付きの者らが鉦を叩きながら送ってくるだよ」

そこから捨て人は、親族の者独りに伴われて地蔵平に上り、握り飯一つと飲み水と、茣蓙《ござ》二枚を渡され、置き去りにされる。親族を含めた村の者らは、下で一刻程鉦を叩いて捨て人に別れを告げ、帰路に着く。

「だから、近くまで来れば、音がするから分かるだよ」

それから四半刻も経っただろうか、谷から吹き上げて来る風に、微かに鉦の音が交じっているのが聞こえた。

五兵衛が、おっ、と呟いてから、来た、と言った。音は風の吹きようで、聞こえたり、聞こえなくなったりした。

「あの鉦の音に合わせて息をしていると、苦しくなってな。止《や》めてくれ、と言おうとしたんだども、周りの奴ら、夢中で叩いてやがってよ。とても、言い出せなかった……」

ははっ、と五兵衛は声を上げて笑った。おらの時に鉦を叩いていたのが、四度目の冬に、捨て人として送られてきただよ。

「置き去りにされる時、息子の裾を摑んで、泣き喚《わめ》いてただ……」

「仲間には、誘わなかったんですか」

「言っただろ。未練たらしいのは誘わねえ」

「その人が亡くなるのを見ていたんですか」

「おらと万作と、その頃いたもうひとりの、三人でな。死ぬところから、鳥や獣が始末するところまで、ずっと見てた」

風が止み、ふっと辺りが静かになった。鉦の音も絶えている。

白いものが舞った。雪が落ちてきたのだ。

「いい塩梅《あんばい》だ」と五兵衛が言った。「だけど、寒いな」

月草の左膝が、寒さに疼いた。掌に息を吹き掛け、摩った。

「痛むか」

「少しばかり」

「あいつらの足じゃあ、地蔵平に上がって来るまでに大分かかる。おらは残って待つが、おめえは小屋に帰っていたらどうだ。後で話してやっからよ」

谷は白く煙り始め、地蔵平への見通しは利かなくなっている。このまま居続けても、痛むばかりである。

「申し訳ありませんが、そうさせてもらいます」

膝をいたわりながら立ち上がり、岩場を離れた。

月草が小屋に戻って一刻半が過ぎた。

囲炉裏の火にあたり、熱い湯を飲んでいると、五兵衛が山を駆け下りてきた。慌ただしい走りだった。小屋を回り込むと、そのまま揚げ戸に体当たりするようにして入ってきた。

月草が問う前に、五兵衛が口を開いた。

「誘っていいか」

捨て人のことを言っているのは、明らかだった。囲炉裏の火を映し、五兵衛の目が光っている。

「知り人だったのですか」

「そうだ。十五で隣村に嫁にいった稲《いね》っつう女だ」

「任せます」

「済まねえ。鳥や獣の餌にはしたくねえだよ」

「分かりました」

「おめえに、してもらいたいことがある」

五兵衛が地蔵平に行き着くまでに、稲が谷に身を投げたりしたらかなわん。様子に気を付けていて、そんな気配があったら、手を振るとかして、おらが行くことを知らせ、止めさせてくれ、というのが頼みだった。引き受けた。

「おらは、大急ぎで稲んところに行く。なに、おらの足なら一刻半は掛からねえ」

もう日は沈みかけている。一刻半後には、

「山は真っ暗ですよ」

「おらは夜目が利《き》くし、向かいの山も知り抜いてるから心配ねえ。じゃあ、頼むだぞ」

五兵衛は、念のために、と火打ち石と火打ち金などを入れた小袋を懐に仕舞い、揚げ戸を潜《くぐ》り抜け、森の中に飛び込むようにして消えた。

月草は、寒さに備え、膝に襯衣《したぎ》を巻き、引き回しを纏って小屋を出た。雪は小降りになっていた。このまま暫くの間、小降りでいてくれるよう祈りながら、岩場に向かった。

雪の降り間から、地蔵平が見えた。

三つ並んだ岩の前に莫蓙が敷かれ、人が座っていた。あれが稲であるらしい。

稲は、もう一枚の莫蓙を身体に巻き付け、人形のように小さく縮こまっている。

月草の目に、涙とともに怒りが込み上げてきた。村に生まれ、育ち、村のために生き、暮らしてきた者が、年を取り、皆の重荷になるからと捨てられる。それでいいのか、何か、間違ってはいないか。老いるということを、あまりにも蔑《ないがし》ろにしてはいないか。

だから、どうしたらよいのか、は分からない。だが、知り人だから、と駆け出していった五兵衛の気持ちは分かるような気がした。

稲が立ち上がった。平地を横切り、岩と岩の間からどこかを見ている。恐らく、そこが上り口なのだろう。誰かが思い直して、迎えに来ないかと、見ているのかもしれない。

頼むから、崖には近寄らないでくれよ。

谷底まで引っ掛かるものは何もない。万一足を踏み外したら、それで終わりだ。

稲が、崖の方を見た。見たまま凝っとしている。飛び降りようかと、考えているのだろうか。稲の身体が、ゆるゆると動き出した。身体に巻いた茣蓙の端《はし》が、薄く積もった雪を掃《は》いている。

月草は立ち上がり、両手を振り、大声で叫んだ。

それを待っていたかのように、雪が激しくなった。横殴りに降り、谷を白く閉ざしていく。稲の姿が、見えない。雪が小止《こや》みになるのを待った。

間もなくして、風の向きが変わり、地蔵平の岩盤が見え始めた。

白く覆われている。三つ岩の前を見た。白い塊《かたまり》があった。稲が頭を上げると、茣蓙に掛かった雪が落ちた。空を仰いでいる。

そのまま眠れば、苦しまずに死ねる。そう思いを定めたのだろう。再び茣蓙の中に顔を埋めると、もう動こうとはしなくなった。

半刻が過ぎ、一刻が経ち、一刻半を超えた。

もう地蔵平は闇の中に隠れ、何も見えない。五兵衛が言ったことが確かならば、もう疾うに着いていなければならない刻限だった。

地蔵平の片隅で何かが光った。火花が散っている。火を熾《おこ》そうとしているのか
……。

着いたのだ。

火は艾《もぐさ》から付け木に移り、茣蓙を燃え立たせた。

火の傍《かたわ》らに、五兵衛と稲がいた。五兵衛は手を大きく振り回し、そっちへ行くと身振りで示すと、稲の手を取り、月草に背を向けた。二人が下り口に向かっている途中で茣蓙が燃え尽き、再び地蔵平は闇に閉ざされた。

月草も岩場を下り、小屋に向かった。

真夜中を回った頃、五兵衛が稲を連れて小屋に戻ってきた。

二人は疲れ果てた顔をしていたが、腹が減ってもいたのだろう。雑炊を何度もお代

わりした。特に稲の食いっぷりには、たじろぐものがあった。細い目の端から、ちらちらと月草を見ては、鍋のものをさらうようにして椀によそっている。

雑炊を食べながら五兵衛が話したところによると、闇の中から現れた五兵衛を見て、稲は腰を抜かしたそうだ。随分と以前に捨てられたと聞いていた五兵衛が、いきなりぬっ、と現れたのだ。幽霊かと思ったらしい。

五兵衛は、怯《おび》える稲に事情《わけ》を話し、訊いた。

――生きてえか、ここで死にてえか。

――まだ、生きてえ。

――ならば、来るか。

――どこでも、行ぐ。

そこで、月草に帰ると知らせるために、莫蓙を燃やしたのだ。

五兵衛が言っていたように、稲と五兵衛は同じ村の生まれだった。稲は、五兵衛が二十四の時に隣村に嫁ぎ、それ以来、祭りや里帰りの時に見掛けることはあっても、口を利いたことはなかった。

「明日からは、賑《にぎ》やかになるな」五兵衛が一人で頷きながら言った。

三

雪は三日降り続き、止《や》んだ。戸を開けると、一面、目映いばかりに白く輝いていた。

屋根を伝って雪解けの水が落ちている。当分、水汲みには出なくていいだろう。月草にはそれが嬉しかったが、小屋が潰れぬよう雪掻きもしなければならない。結局、仕事は減らないのだ。

飯作りは稲がするようになった。お蔭で月草は、身体の空いた時は、膝の治療に専念出来た。だが、どうしても、くの字以上には曲がらない。

「湯の中で揉むといいだよ。今度、揉んでやるよ」

稲の言葉に五兵衛が振り返った。稲は気付かずに、茸と青菜の塩抜きをしている。

「お気持ちだけ、ありがたく頂戴します。今のところは具合がよいので」

「そうかい、遠慮はしないでいいだからね。こうして一つ屋根の下で暮らしてるだから」

「はい」

その頃から、五兵衛は月草に言葉を掛けることが減り、代わりに、何かと言うと稲に話し掛け、二人で笑い合うようになっていた。月草の知らない、村の噂とか、村での思い出話だった。月草が加われる話ではなかった。もっとも月草には、初手《しょて》から、加わろうという気持ちはなかったが。

十日が過ぎた。

月草は、太めの薪を削り、仏像彫りを始めた。長鉈で輪郭を取り、山刀で細部を彫る。四三衆には腕のいいのがたくさんいた。その見様見真似でやってみたのだが、凜《りん》とした立ち姿は、自分でも驚く程上手く彫れていた。

眺めていると、目敏《めざと》く気付いた稲が、月草の隣に横座りになり、

「よく彫れてるでねえか」と言って、覗き込んだ。「これは?」

「薬師如来《やくしにょらい》様です」病や怪我を癒してくださる仏様ですよ、と月草は膝を摩りながら言った。「左手に薬壺《やっこ》を持っているのですが、そう見えませんか」

「ぼた餅でも持ってるのかと思っただよ」

「ぼた餅じゃあ、怪我には効きませんね」

稲が歯を見せて月草の肩を叩いた。それを見ていた五兵衛が、床を蹴るようにし

て、揚げ戸を開けて外に出て行った。どうしたのか、と目で追おうとすると、

「放っときな」

稲が首を横に振り、木屑《きくず》を前歯で噛んだ。五兵衛は間もなく丸太を抱えて戻ってくると、土間に放り投げ、何も言わずに斧《おの》で割り始めた。薪用に積んでおいたものだった。

「手伝いましょうか」

「いんや。おらがやる。おめえは楽しそうに話してろや」打ち下ろした斧が、丸太を半分に叩き割った。

稲を見た。五兵衛に背を向け、鼻先で笑っている。

山刀を握る手に力が入り、切っ先が如来像の衣《ころも》を深く抉《えぐ》ってしまった。月草は手を止め、像を床に置いた。

突然稲が立ち上がり、大きな声を上げて伸びをした。

「くさくさするねえ、ここは。つまらないよ」

「そう言うな。何もねえんだしよ」五兵衛がなだめている。

「いっそあのまま、おっ死《ち》んじまってた方が、ましだったかもしんないね」稲は框《かまち》に腰掛けると、後ろに倒れ込み、足をばたばたさせた。「毎日、毎日、こんな小屋の中

で、息が詰まるよ」

「冬だから、しょうがねえでねえか」

あんたには頼まないよ。稲は、五兵衛に言うと、

「湯にでも行こうかね。暇だから、足、揉んでやるよ。行くかい？」月草に訊いた。

「今日は、止めときます」

「おらが、一緒に行こう」

「いいけど、変なことするんじゃないよ」稲が、流し目をくれながら言った。

「そんなこと、決ってるだで」

五兵衛と稲が、雪の中を出て行った。月草は息を吐くと、小さな押し上げ戸を思い切り押し開けた。

雪の上を渡って来た冷たい風が、頬に当たった。深く吸い込みながら、雪が解けたら、と思った。ここを出るか。

それまでに、膝を治さなければならない。月草は囲炉裏端に座り、股と脹脛を揉んだ。

一刻近く経った頃、二人が湯から戻ってきた。湯に浸るだけにしては、長い。稲は、照れ隠しなのか、

「すっかりふやけちまったよ」と掌をひらひらとさせていたが、五兵衛は月草を見ようともせずに、仏頂面《ぶっちょうづら》のまま薪を割り始めた。

月草は、再び仏像彫りに取り掛かった。衣の襞《ひだ》や掌など細かな作業に入ったため、二人のことを気にしている暇はなかった。

雑炊に入れる茸を刻んでいた稲が、鍋を火に掛けた。

月草は、夢中で彫り進めていた手を止めて、囲炉裏を見た。鍋が掛かったために、手許に届いていた明かりが遮られたのだ。

そうだった……。

道具を作り、油桐《あぶらぎり》の種を搾《しぼ》ろうと思っていたのに、すっかり忘れていた。もう実は熟して落ち、雪の下に埋もれてしまっている。

年だな……。

以前は、木の実を採ると決めておいて、忘れたことなどなかった。

夕餉が始まった。塩抜きした茸の味噌仕立ての雑炊に、干し納豆が振り掛けられていた。

「兎が食べたいねえ」と稲が、どちらにともなく言った。

「おう、おらが獲ってきてやらあ」五兵衛が、雑炊を啜り込みながら請け負った。

「獲れるのかい？」

「なに、罠を仕掛けりゃ、ちょいよ」

「兎汁かぁ。嬉しいねえ」稲が月草に言った。

「楽しみですね」

五兵衛は夕餉を終えると土間に下り、細めの蔓を輪に編んでいる。獣道に仕掛けるつもりなのだろう。

翌日、五兵衛が兎獲りの罠を仕掛けに森に出掛けたので、月草は湯に入りに崖を下りた。

雪が解け込み、少し温《ぬる》めにはなっていたが、いい湯であった。空を見上げていると、蔓を伝って稲が下りてきた。

「おらも、入りにきただよ」

稲は月草の答えも待たずに、着ていたものをさっさと脱ぎ始めた。月草は目を逸《そ》らした。

「膝の具合はどうかね？」訊かれて顔を向けると、稲は仁王立ちになったままだった。

「少しずつですが、よくなっているようです」

「どれ、見せてみな」

稲は湯に入ってくると、月草の足許に座り込み、左足を手に取ろうとした。

「手前でやりますから」

「遠慮することないよ。二人っきりなんだしさ」

足を引き戻そうとするのだが、くの字以上には曲がらない。稲の手が足首を摑んだ。

「逃げられないよ」

稲は、月草の足裏を乳に押し付けると、両の手で脹脛の筋を伸ばすように揉み始めた。最初は痺《しび》れるような痛みがあったが、筋が次第にほぐれていくのか、気持ちがよかった。

「どう？」

「お上手ですね」

「死んじまった亭主ってのが、よく怪我をしたんでね。こんなことばかり、上手くなっちまったのさ」

「幾つの時に亡くなられたんです？」

「四十一。あたしが三十八」

「それは早かったですね」

「だから、夏なんざ毎晩夜這《よば》いが来てね。お相手するので、大変だった」

あっけらかんとした物言いだった。思わず笑い声を立てていると、頭の上の方から五兵衛の声がした。途中の岩盤から顔を覗かせている。

「ちいと目を離してる隙に、何してるだ。稲に近付くんじゃねえ」

「なんだい、亭主面《づら》して、妬《や》くんじゃないよ」

五兵衛は稲を睨《にら》み付けると、月草に言った。

「あの小屋は、おらたち近在の衆のためのものだ。よそ者は、雪が解けたら、とっと出てってくれ」

「そのつもりでいます」

五兵衛が下りるのと入れ替わりに、月草は湯を出て、蔓を上った。一冬を過ごすからには、これ以上の諍《いさか》いは避けねばならない。

この日の夜から四日の間、雪が激しく降り、外に出るのもままならなくなった。

雪が止むと、急激に冷気が山を包んだ。夜中に木の裂ける音がした。囲炉裏に薪をくべても、翳《かざ》した手の先が温まるだけで、背中は凍り付くような寒さであった。しかし、それもまた次の雪が降るまでのことで、雪が降ると寒気が緩んだ。遠くで起こる雪崩《なだれ》の音を聞きながら、雑炊を啜り、眠った。

夜更けに何度か、獣が小屋の外をうろつく足音がした。

四

雪の合間を見て、五兵衛が湯の具合を調べに行った。

雪を飲み込み、半分水のようになっていたが、掻き出したら、また湯になったから
と、稲を湯に誘っている。

「浴びようかね」

五兵衛の後から、いそいそと付いていった稲の嬌声《きようせい》が聞こえた。

月草は長鉈と丸太を囲炉裏の側に置き、薬師如来の台座作りを始めることにした。

今の五兵衛は気に入らなくとも、怪我で死にそうだった身を助けてもらった恩がある。何か形にして遺《のこ》してやりたかった。

丸太を割り、台の形にする。それが手始めの作業だった。長鉈を丸太に打ち付けた。凍った丸太が長鉈の刃を跳ね返した。

取り敢《あ》えず山刀で皮を剥き、囲炉裏端に置いた。火で炙《あぶ》れば、長鉈の刃が通り易くなるだろう。

それまでの間、笈《おい》の中身を改めることにした。干飯《ほしいい》をはじめ、米も味噌も塩もなく、薬草も半分は使ってしまっていた。上の段にある榧《かや》の遺骨を入れてある竹筒を取り出し、心配するな、何とかなる、と声を掛け、今残っているのはどの種類の薬草か確かめた。

春になったら小屋を出、離れたところに草庵を設ける。手っ取り早く野鳥を捕って米や塩などに換え、それで食いつなぎながら、薬草を採る。とにかく膝を治さなければ、遠くまでは行けない。まだ春までには余裕があるからと、つい杖に頼る癖が付いてしまっていた。

杖を手に取った。

思い切って、捨てるか。

踏ん切りが付かないままに、杖の先を削り、いつでも木槍として使えるようにしているところに、五兵衛と稲が帰ってきた。

五兵衛は杖を見て、おっ、と声を上げた。

「猪を倒そうってのか」

考えてもいなかった。この足では無理だ、と打ち消した。

「おら、考えたんだが、ちいと猪狩りをしねえか。この雪だ、肉も腐らねえしよ。力、貸してくれや」

猪鍋、食いたいか。稲に訊いた。

「勿論《もちろん》だよぉ」稲が、塩漬けの菜を刻みながら言った。「雑炊ばかりじゃ、干からびちまうよぉ」

「おめえは、足がそんなだから、無理はさせねえ。知恵さえ貸してくれりゃいい。どうだ？」

春までは長い。猪狩りで和が保てるのなら、それに越したことはなかった。話に乗った。

「そうこなくちゃ。なら、ちゃっちゃと飯を食っちまうだ。どこに、どんな罠を仕掛けるか、相談せんとな」

飯にしてくれや。五兵衛は稲に言うと、月草の傍らにあった杖を手に取り、山刀で削り始めた。

「万作はしくじっちまったが、おらたちに抜かりはねえだよ」

稲が椀によそった雑炊を五兵衛と月草に渡した。五兵衛は、手にしていた山刀を脇に置くと、椀を取り、掻っ込むようにして食べ始めた。

月草も箸《はし》を手にして、味噌雑炊を口にした。塩抜きした菜の他に、何かの根でも細かく刻んだような具が入っている。歯応えがあった。続けて三口程食べた。

舌がぴりっとし、次いで口の中が、ひりつくような、妙な感じがした。

箸で根のようなものを摘み上げた。筍《たけのこ》のように節がある。

毒芹《どくぜり》……。

五兵衛と稲を見た。身じろぎもせずに、月草を見詰めている。

指の間から箸が落ち、椀が落ちた。指先が細かく震えている。

「盛った、のか……」

「おらが助けた命だ。どうしようと、勝手だわ」

「俺の命は、俺のものだ……間違えるな」

月草は、襲いくる目眩《めまい》を必死に堪え、吐き捨てるように言い、落ちた箸を握り締めた。

五兵衛が山刀に手を伸ばした。その時には、月草の身体は囲炉裏を飛び越えていた。百姓上がりの五兵衛と月草とでは、修羅場《しゅらば》を踏んだ数が違う。膝の痛みも感じなかった。

月草は左手で山刀を握っている五兵衛の腕を摑むと、箸を五兵衛の口に突き入れた。稲が悲鳴を上げて、月草の腰にしがみ付いてきた。稲を蹴飛ばし、咽喉《のど》を押さえて転がっている五兵衛の首を、長鉈の峰で打ち据えた。首の骨が折れたのだろう、ごきっという音がして、五兵衛の首が後ろに折れ、背中に付きそうになっている。五兵衛は暫くの間、手足を痙攣させていたが、ぴくりとも動かなくなった。

「許しとくれよぉ」稲が、土間に額を擦《こす》り付け、震えながら言った。「あいつに言われた通りにしただけなんだよ」

「駄目だ」

「あんただって、あたしが欲しいんだろ」稲が胸をはだけた。「好きにしていいからさ」

震えと吐き気が、同時に来た。吐いた。床に、土間に、汚物が散った。頭ももうろうとしている。痙攣が始まったら、立ってはいられなくなる。稲が、壁伝いに逃げようとしていた。

月草は稲の襟首を摑むと、引き摺るようにして揚げ戸に向かった。

「後生だから助けておくれよぉ」

「殺しはしない。が、置いてもやれない。出て行け」

「こんな雪ん中に追ん出されたら、死んじまうだよ」

「おまえが蒔《ま》いた種だ」

稲を揚げ戸から放り出し、閂《かんぬき》を掛け、その場に座り込んで吐いた。毒芹の毒気から逃れるには、まず吐き出すことだ。咽喉に指を差し込み、吐き、水を飲み、また吐いた。

手足が震えた。痙攣がきている。心の臓がばくばくと音を立てているような気がした。

月草は胸を押さえながら土間に転がっている古い鍋に水を注ぎ、囲炉裏の火に掛けた。笈から日干しにした溝隠《みぞかくし》と金瘡小草《きらんそう》を取り出し、水に投げ入れた。ともに毒消しの効能のある薬草であった。特に金瘡小草は、別名《地獄の釜の蓋《ふた》》と言い、これさえ飲めば閻魔《えんま》様の手から逃げ帰ることが出来るという言い伝えがあった。

月草は囲炉裏端に身体を投げ出すと、目を閉じ、薬湯が出来るのを待った。

揚げ戸を丸太で叩く音がした。叫んでいる。びくともしない。猪が身体ごとぶつかっても壊れないようにしてあるのだ。稲の力でどうにかなるようなものではない。揚げ戸を諦めたのか、叩く音が止んだ。次いで、押し上げ戸が鳴った。押し上げ戸は、揚げ戸程頑丈には出来ていない。丸太で叩かれたのでは、いつまで保つか分からない。

起き上がり、這うようにして、杖で支《つっか》え棒をした。押し上げ戸は、みしりとも言わなくなった。叩いても無駄と悟ったのか、稲は泣き落としにかかった。

「お願いだよぉ。助けておくれよぉ」

暫くの間、稲の声が聞こえていたが、それも四半刻もすると聞こえなくなった。

湯が沸いた。薬効が湯に溶け出すのを待ち、ゆっくりと飲んだ。まだ唇にも手にも、震えが残っている。気付くのが遅れていたら、危ないところだったが、うまい具合に毒の大半は抜けたらしい。

五兵衛の死骸を見た。目を開けたまま、絶命している。

こんな死に方をするために、地蔵平を脱して生き延びた訳じゃないだろう。万作にしても、そうだ。猪に腸《はらわた》を抉られて死ぬためだったのか。それっぽっちの命だったのか。

溜息が出た。俺は、何のために《逆渡り》に出たんだ？

櫃の遺骨を辰の里に埋め、そこで自らも穏やかに果てるためではなかったか。それが、何だ。これでは、人の死に目に遭《あ》うための《逆渡り》ではないか。

どこで、こんなことになってしまったのだ？

薪をくべ、横になった。目の前で命を亡くしていった者たちの顔が、現れては消えた。

鍋から薬湯のたぎる音がした。火を弱め、薬湯を椀に注いだ。

小屋の外からは何も聞こえない。

助けておくれよぉ。稲の声が耳朶《じだ》に甦った。

ゆるりと立ち上がって土間に下り、外の様子を窺《うかが》った。雪を踏む音もない。

どうしたのか。

揚げ戸を引き上げ、外に出た。見回したが、姿は見えない。どこといって、身を隠す場所もないはずだった。

呼んでみようか。

息を吸った。その瞬間だった。雪の下に身を潜めていた稲が、月草の左の膝を狙って、薪を振り回した。咄嗟《とっさ》に避けようとしたが、膝裏を思い切り打たれてしまった。膝が、がくんと音を立てて曲がるのと同時に、激痛が身体を奔《はし》り抜けた。息が詰まり、横倒しに倒れた。稲が薪を振り下ろした。背に二発食らったが、三発目の頭への攻撃は危ういところで躱《かわ》し、稲の首根っこを摑んで、顔を雪に思い切り押し付けた。稲は息が出来ず、必死にもがいた。もがくのを止めるまで押さえ、離れた。死んでいた。

小屋に戻り、囲炉裏の側に身体を投げ出し、怪我の具合を調べた。ひどく痛んだが、打ち身だけだった。その上思わぬことに、膝が曲がるようになっていた。いたわるように扱っていたために、なかなか曲がらなかったのが、膝裏を叩かれたことで、それが荒療治となったらしい。

何てことだ。自分が手に掛けた稲に、結局は治してもらったってことか。

足を丹念に揉み、改めて雑炊を作った。

夜中に、小屋の外を生き物が歩き回る気配がして、目が覚めた。一瞬、稲かと思い、飛び起きたが、呼気からしてかなり大きな獣らしかった。稲の死体に目を付けたのだろう。

食われるのか……。

死体は、小屋の中にも一つあった。どうしようかと迷ったが、五兵衛には恩があった。獣の餌にするには、忍びなかった。

安心しろ。

五兵衛の亡骸は、墓場に埋めてやることにして、目を閉じた。しかし、眠ろうとしても、身体の芯が興奮しているのか、なかなか寝付けなかった。起き上がり、山刀を手にして杖を削った。

これを五兵衛の墓標《はかじるし》にしてやろう。

墓標が出来上がった頃には、夜は白々と明けていた。今日からは、また独りなのだ、と思った。

湿った重い雪が、降り続いている。

月草は雪が降り積もる度《たび》に、こまめに屋根の雪を下ろし、雪掻きをした。四三衆の集落にいた時は、互いの行き来のために必須の仕事であったが、ここでは独りである。薪を取り、厠《かわや》に行くことが出来れば、周辺の雪まで掻く必要はない。にもかかわらず月草は、小屋の周りの雪まで丁寧に取り除いた。

一通り雪掻きをすると、全身汗まみれになる。それが心地よかった。鈍ろうとする身体の、よい刺激にもなった。

湯浴みには欠かさずに行った。蔓を伝って下り、温《ぬる》くなった湯を掻き出し、熱い湯が溜まるのを待ち、ゆったりと浸かるのだ。

湯の中から降る雪を見上げているのは、気持ちのよいものだった。空のずっと高いところから、灰色のものが揺れながら落ちてくる。目の前まで来ると、それは灰色から白い雪に変わり、掌の上で溶けて消える。子供のように掌を翳《かざ》し、雪を受けた。洗い物をし、また蔓を伝って上がり、雑炊を作る。その繰り返しを春まで続けるのである。それを苦痛だと思う心は、月草にはなかった。山の者として生まれ、山の季節の移ろいの中で育った者にとっては、当たり前のことだった。

六日前のことになる。

湯に、蛆《うじ》が浮いていた。

恐らく怪我をした獣が浸かりに来て、落としていったものなのだろう。

掌で掬い取り、翌日から獣が来るのを待った。

二日後、岩場の下の方から猿が上がって来るのが見えた。遠目にも、脚に怪我をしているのが見て取れた。

おまえか。

猿も、気が付いたらしい。歩みを止め、月草を見上げている。牙を剥く気力も体力もないらしい。ただ黙って月草を見ている。

代わろう。

月草は湯から出ると、素早く水気を拭い、蔓を上った。崖の上から見下ろしていると、猿は右脚を引き摺るようにして、湯へと懸命に向かっていた。

その翌日、月草は、猿の邪魔をしないようにと早めに湯へ下りた。猿もそう思ったのか、既に蛆が浮いていた。

だがその後、昨日も、今日も、湯に浸かった様子がない。

岩場を上がって来る猿の脚の運びを思い浮かべた。もう歩けないのかもしれない。

どこかの木陰か岩陰に身を寄せ、忍び来る死と向かい合っている猿のことを思うと、なぜかいたたまれない気持ちになった。

長鉈で五兵衛の首をへし折り、稲の首根っこを摑んで雪の中に押し付けた俺が、何で死にそうな猿を思って心を揺らすのか。月草は、笑おうとして、笑い切れないでいる己を持て余し、その場に立ち尽くした。

それからも雪は、間断なく降り積もり、山を白く閉ざした。

寒さは一段とつのり、小屋は凍り付いた。囲炉裏の火を絶やさずにいるのだが、背は凍える程に冷たい。夜中に、木が雪割れする音を何度も聞いた。

月草は、寝て食べる時以外は、薬師如来の台座作りに当てた。台座を作り上げたら、光背《こうはい》に取り掛かるつもりでいる。

光背が出来上がる頃には、蕗《ふき》の薹《とう》が雪の下から顔を出し、赤啄木鳥《あかげら》が幹を突《つつ》き、キヨッキョッと鳴いて飛んで行くようになるだろう。

そうなれば、春が来るのだ。

雪が解け、山野に寝泊まりしながら渡れるようになるまでには、まだ三月《みつき》以上かかるだろうが、とにかく冬は確実に過ぎていく。それまで、耐えて、待つしかない。

月草は、肩と首を回してから、伸びをした。

寄り道をしたが、これも《逆渡り》のうちなのだ。この行《こう》を、あるがままに受け容れるべきなのかもしれない。

「無駄な渡りはない」

山の者に言い伝えられている言葉だった。

「そうだよな」榧に言った。

榧の遺骨を薬師如来の前に供え、月草は静かに掌を合わせた。

# 第九章　山桜

## 一

五兵衛と稲が死んでから、二度目の新月が近付いていた。

相変わらず寒さは厳しかったが、少しずつ和らいでもきている。木の枝に降り積もった雪が、時折音を立てて落ちた。

冬の終わる兆しが、現れ始めたのである。

だが、ここからが山との根比《こんくら》べであることを、月草はよく知っていた。

木々の周りの雪が解け、雪で折り曲げられていた枝が跳ね上がり、雪解けの水が流れる。そして草木が一斉に芽吹く。それでも、まだ《逆渡り》を掛けるには早かった。山が水を吸い過ぎているのだ。渋紙があろうと、濡れた落ち葉を敷いては眠れない。身体を芯から冷してしまう。乾くのを待たなければならなかった。

焦ることはない――。

月草は、何度も言い聞かせてきた言葉を、再び自らに言い聞かせた。

小屋を引き払うまでには、やるべき仕事があった。

先ず小屋の整理である。月草が出てしまえば、後は朽《く》ちるだけである。使えるものや、何かと交換出来るものは、出来うる限り持ち出したかった。その分、辰の里での新たな暮らしが楽に始められる。

しかし、持てる量には限りがある。選ばなくてはならない。

囲炉裏端に並べてみて、少々うんざりしてしまった。よくもこれだけの物を揃えたと呆《あき》れ返る程、いろいろな品が出て来た。小屋の一隅《ひとすみ》に乱雑に積み重ねられており、腐り、半ば土に帰しているようなものもあった。油を搾《しぼ》る道具がないかと探したことがあったが、あの時にもう少ししっかりと見ておけばよかった。古ぼけてはいたが、まだ十分使える糸繰車《いとくりぐるま》もあった。木の皮を叩いて、糸を撚《よ》ろうとしていたのだろうか。

中で思わず感嘆の声を漏らしたのは、甑《こしき》であった。甑は瓦製で、米などを蒸すためのものだ。これで、干飯を作ることが出来た。鍋で炊いた姫飯《ひめいい》では、粘りが出ず、上手く作れない。干飯は出立までの間に作っておけばいい。

結局、水を入れる瓢簞《ひょうたん》と、五兵衛と万作がどこかで盗んで来た古着と、薬草を持ち出すのに留めることにした。古着の中には晴れ着もあった。斧を始め、他の品を持つと身動きが取れなくなってしまう。ある程度身軽にしておかないと、山犬の例もある。何に、どのような形で襲われるか分からない。それが独りで渡る怖さであった。

取り敢えず、湯を浴びに崖を下りた。五兵衛と万作が盗み貯めていた古着を洗うためもあった。古着は、売るのに最も手っ取り早い品だ。まず、やれるところから始末を始めなければならない。独りであるということは、すべて己が手を動かさなければ片付かないということなのだ。晴れ着はそのままにし、洗いの利く刺し子と野良着だけを手に持った。

洗い物を干し、干し納豆と塩漬けの梅で味付けをした雑炊を食べ終えると、薬師如《やくしにょ》来《らい》の光背《こうはい》作りを始めた。前に作っていた光背は、山刀に力を入れ過ぎて、割ってしまったのだ。

丸太を縦に二度割って、板を作る。それを山刀で薄く平らに削り、形を整えるのだが、平らに削ろうとしてしくじったのだ。やり直しである。丸太を割るところで作業が止まっていた。

土間に丸太を立て、長鉈で真っ二つに割った。木目《もくめ》を調べた。木目が縦にきれいに延びていなければ、別の丸太を探さなければならない。木目は揃っていた。肌理《きめ》もいい。

よし。

呼吸を止め、割り口に沿って長鉈を打ち付けた。板状の木片が出来た。

後は、囲炉裏端での作業である。

胡座を掻き、木片を削り始めた。刃が木に吸い込まれるように入り、木片を薄く削っていく。焚き火の爆《は》ぜる音と、雪が枝から落ちる音を聞きながら、手だけを無心に動かした。

それから十日が過ぎ、光背が出来上がった。

榧《かや》の遺骨の後ろに安置していた薬師如来の像に取り付けた。俄《にわか》に立派なものになった。月草は、朝と昼、それに寝る前の日に三度、掌を合わせた。

その頃から雪解けの水の量が多くなった。湯浴《ゆあ》みをしていた岩盤にも、岩や崖を伝って水が流れ込み、湯が温んでしまった。ちょっとやそっと掻き出したくらいでは熱くなりそうもない。暫く湯浴みは諦めるしかなかった。

山は、すっぽりと水に浸かっている。その水を吸い、草木は育ち、生き物は命の営みを始めるのだ。屋根の雪が消え、木々の根方から水気の消える頃を干飯を作る目安にして、出立の支度をすることに決めた。小屋の屋根に降り積もった雪は、いつしか解け出し、雫《しずく》がひっきりなしに落ちるようになった。

きらきらと光りながら落ちてくる雫を見詰めた。光が棒のように並んで落ちている。煌《きら》めき、時に揺らぎ、だが間断なく落ちるその姿は、山が呼吸しているようだった。月草は、己が一本の木になり、山の呼気と吸気に合わせ、静かに枝を広げているように思った。

そんな思いにとらわれたのは、この山に入って初めてのことだった。ようやく、この山と話が出来るようになったのだ。

月草は、小屋の前に佇《たたず》み、山に来てからのことを、耳千切れとのことを、五兵衛と万作と稲とのことを山に語った。山を騒がせ、血で汚したことを詫び、瞑目《めいもく》した。

新月から七日が過ぎた。上弦《じょうげん》の月が掛かっている。

昼はまだ雪解けの雫の音が山に満ちているが、夜ともなると静けさが山を覆った。

それから更に七日が経ち、月が真ん丸になると、雪解けの騒ぎは、山の上の方に上っていった。小屋の辺りでは土が噎《む》せ返るようににおい出し、虫どもがうごめき始めた。

雪解けのために入れないでいた湯に、久方振りに浸かった夜、丸太を三本割り、切り口を平らに削った。蒸した米を広げて干す台にするためである。冷めて半乾きになったものならば、渋紙を使ってもよいのだが、熱々の蒸し立ての飯では渋が付く恐れがあり、使えなかった。そこで、丸太を削ったのである。

生の木ではなく、昨秋伐り出したものだったが、思った以上に香りが強かったので、水を何度か潜《くぐ》らせ、干すのに五日掛けた。

そして干し上がったそれに、甑で蒸した飯を置き、粗熱を取り、飯粒の表面が乾いたところで渋紙に広げた。後は丹念に乾かせばいい。

干飯に続いて干し味噌を広げ、冬の間に吸い込んだ湿気を抜いた。干し味噌さえあれば、湯を沸かせば即座に味噌汁になり、そこに干飯を落とせば、忽《たちま》ちのうちに味噌雑炊が食べられる。渡りの途次に食べるものとしては、最も手軽だった。

干し味噌は二、三日も日に当てればいい。時はかからない。堅塩は、まだ十分残りがある。干飯が出来れば、《逆渡り》の途中で食べるものには困らない。

辰の里に着いてから食べる米などは、辰の里の小屋を繕いながら用意をすればよいのだが、あって困るものではない。三国街道沿いの宿場で古着を米などと交換しながら行くことにした。

出来た干飯を竹筒に詰め、笈に仕舞った。櫃の遺骨を入れた竹筒とともに、彫り上げた如来像も丁寧に詰めた。

笈の上には、五兵衛の野良着で包んだ古着を括《くく》り付け、更に鍋を被《かぶ》せた。

出立の用意は整った。

膝の皿を割って以来、夏、秋、冬、春、と過ごした小屋の戸を閉め、獣の巣にならないように、楔《くさび》を打ち込んだ。

万作に五兵衛、稲の顔が浮かんだ。そのうちの二人、稲と恩人である五兵衛は、己の手で殺した。あの時は殺さざるを得なかったのだが、今になってみると、他に方法がなかったか、と心が揺れる。しかし、あの二人を生かしておいたとしたら、このように穏やかには出立出来なかっただろう。あれはあれで、仕方のないことだったのだ。

今日を生き、明日を生きるためには、今日まで歩いてきた道は正しかったのだ、と思うしかない。

肩に掛けた笈の重さを受け、踏み出す足に力を込めた。

二

押し寄せてきた春がゆったりと翼を広げていた。木々も、谷も、しっとりとした落ち着きを見せている。冬籠《ふゆごも》りから出て来た熊も、既に十分腹を満たし、春の恵みに馴《な》染《じ》んでいるに違いない。出立を、春先をやり過ごした後にしたのも、山の者としての知恵だった。今頃なら、熊と出会《でくわ》しても、向こうが避けてくれるものだ。

一度岩陰で露宿《ろしゆく》をして、三国街道へと出た。二度目の露宿は、街道の脇で取った。三国街道は、中山道《なかせんどう》の高崎《たかさき》から越後に至る街道であり、人の往来も多かった。平安の都が出来るその前から、既に三国峠を越えて、上野国《こうずけのくに》と越後国の人が交わっていたという話を聞いたことがあったから、随分と古くから使われてきた街道なのだ。

月草は、二居《ふたい》を通り、更に二居峠を越え、二里十八町（約九・八キロ）先の三俣《みつまた》を抜けた。脚が軽かった。膝の痛みもない。露宿地は、神立《かんだつ》の手前と定めた。

一冬、小屋の中で寝起きしていたのだ。すっかり勘が鈍っているかと思っていたが、いざ露宿してみると、初日こそ微《かす》かな物音にも目を覚ましてしまい、眠りが浅くなったが、二日目には、風なのか、小さな生き物なのか、物音を聞き分けられるようになった。

翌日は、神立から湯沢《ゆざわ》へ抜け、魚野川《うおの》を右手に見ながら熊堂《くまのどう》、上湯沢、下湯沢、湯元《ゆもと》、堀切《ほりきり》を通り、関宿《せきやど》に向かった。関宿までは、一里と二十八町（約七キロ）。山の者にとっては、目と鼻の先である。

月草は関宿を出ると足を急がせ、魚野川沿いに六日町《むいかまち》を目指した。六日町は、三国街道から分岐する清水《しみず》道があるなど交通の要衝であるばかりでなく、魚野川の舟運の起点でもあり、大きな賑わいを見せている宿場であった。月草は、六日町で古着を米に換えようと思っていた。一居や三俣で、売るか、米と交換をする手もあったのだが、自前のものではなく、五兵衛らがどこぞで盗んできた品である以上、もっと離れたところで捌《さば》いた方がいい、と考えたのだ。

塩沢《しおざわ》を通り、竹俣《たけまた》を過ぎ、六日町に入った。街道の東側にある上町《かんまち》に、古着を商っているところがあった。月草は笠の縁を指で摘み上げながら、並べ立てられた古着を見回した。

炭の粉を柿渋で溶いたものを塗り重ねた笠である。風雨に晒《さら》され、傷《いた》み、ところどころ穴も空いている。店の者が手を止めて、月草を見ている。藍《あい》で染められた刺し子と黒い股引、左の腰から下げられた山刀で、山の者と分かってはいるのだろうが、気後《きおく》れしているのか、固まっている。

「引き取ってもらいたい物があるのだが」

店の主《あるじ》なのか、年嵩《としかさ》の男が、こちらへ、と言って、右隅の土間を掌で示した。

月草は、笈を肩から下ろすと、古着を置いた。

「拝見します」男は一枚ずつ着物を捲《めく》り、晴れ着のところでひょいと月草を見た。

「これは？」

「博打《ばくち》で取った」

「左様でございますか」

広げて見ている。月草は、余計なことは口にせず、ただ押し黙って男の手の動きだけを見詰めることにした。

「これくらいでは、いかがでございましょうか」

男が、指で値段を示した。初めて見る遣《や》り方だった。分からない。男が、金子《きんす》の額を口にした。

「それで、米がどれくらい買える？」

「米ですと、三升程でしょうか」

「四升、欲しいのだ」

「それはご無理というもので。では、三合分、おまけいたしましょう」

「五合だ」

「なかなか御商売がお上手でございますな。分かりました。三升五合買える額で手を打ちましょう」

古着屋で、米を購《あがな》えるところを訊いて出向くと、今の相場では三升しか買えぬと言われたが、元は五兵衛らが盗んできたものなので、それでよしとした。米を三升得るためには、薬草を一抱えは採らなければならない。米を、売り残した古着に包み、笈の上に括り付けた。

小腹が空《す》いたので、干飯を摘《つま》み、八幡《やわた》へと歩き出したところで、六日町と坂戸《さかど》を結ぶ橋のたもとで、人だかりがしているのに気が付いた。

男が引き据えられている。

身形《みなり》からすると百姓にも見えたが、腰から木鞘《きざや》に差した鉈《なた》を下げているなど、山の者に見えなくもなかった。

遠巻きに見ている村人に、どうしたのかと経緯《いきさつ》を訊いた。

「よく分からねが、他国の間者《かんじゃ》だとかで騒いでるがんだ」

坂戸の村の東方には、坂戸城があった。坂戸の村には、家臣らの屋敷が建ち並んでいる。何か咎《とが》めを受けるようなことをしたのだろうか。男を見た。男の顔には見覚えがあった。

鳥居《とりい》峠に向かう森の中で助けた、真田の追っ手に追われていた武者だった。名は確か、守介《もりすけ》。下尾《しもお》守介と言っていた。殿様の形見を手に、独り落ち延びていったはずだった。その守介が、坂戸の村で何をしているのか。

守介が地べたに手を突いて、叫んでいる。

「怪しい者ではありません。手前は四三衆の守介という者でございます。お見逃しください」

四三……。

月草は、思わず武者らを見回した。

守介を取り囲んでいる武者らは、十二人。二人ほど年嵩がいるが、他は若い。十五、六歳の者もいる。振り切って逃げるには、無理があった。

どうすればよいのだ？

迷っていると、隣りにいた村人が、おめさん、仲間じゃねえだか、と訊いた。咄嗟に、頷いて見せた。

早くしねえと、ありゃ、と村人が顎で守介を指して言った。引き立てられっかもしんねえぞ。

「頼まれてくれねえだか」

「おらが、か」村人が答える代わりに訊いた。

「やってくれたら、米三升、あげるだよ」

「何するがんだ？」

「俺が、出て行く。そしたら、頃合を見て、人垣の後ろからでいい。『月草、守介、心配《しんぺえ》すな。必ず分かってもらえっから』と叫んでくれねえか」

男は口の中で、二度程繰り返すと、

「米、本当にくれるだか」と訊いた。

「嘘は言わねえ。頼むだ」

分かった、と村人が言った。任せろや。

月草は笈の上に載せていた米を男に手渡しながら、名を訊いた。

「おらか。豊作《ほうさく》だ」

「そりゃあ、いい名だ」

豊作が、乱杭歯《らんぐいば》を盛大に見せて、へへへ、と笑った。

「ほんじゃ、上手《うま》くやってくれ」

豊作が人波の後ろに回るのを見届け、月草は叫びながら、這《は》うようにして前に進み出た。

「守介、どうしただ？　この馬鹿たれが、何か、しでかしただか」

守介と、守介を取り囲んでいた十二名が、一斉に月草に目を向けた。

「手前は山の者《もん》で、四三衆の月草と申します。こいつは守介でございます。守介が、ご無礼なことをしでかしたんでしょうか、もしそうでしたら、手前が代わりに謝りますんで、何卒お許しの程を」

一息に言って、笈を背負ったまま地べたに額を押し付けた。守介を振り返り、

「ぼんやりしてねえで、おまえも頭ぁ下げねえか」守介が、月草と同じ格好をした。

それらを凝《じ》っと見ていた一人の武者が、月草に近寄って来た。武者は月草を見下ろすと、顎の下に足先をねじ込み、顔を上げさせた。足の甲の上に顎が乗った。

「山の者が、何ゆえ、このようなところにおるのだ？」

「冬が明けたので、里に米を求めに下りて来たのでございますが。守介は里が珍しかったものか、うっかりはぐれてしまったのでございます」

「何を持っている？」

笈を顎で指した。

「干飯や干し味噌などでございます。洞《ほら》で寝起きしながら、里まで参りますもんで」

「開けてみろ」武家が笈を蹴った。中で、何かがぶつかる嫌な音がした。

笈の扉を開けた。襯衣《したぎ》に包んでいた薬師如来が転がり落ちた。

開くと、光背が二つに割れていた。薄く削り、模様まで彫ったので、脆《もろ》くなっていたのだろう。

「守介」と叫んで、割れた光背を見せ付けていると、人波の後ろから、

「月草、守介、心配《しんぺえ》すな。必ず分かってもらえっからな。おらたちが付いとるだ。謝れ。ともかく、謝るだよ」

豊作の声が聞こえて来た。

「知り人か」武者が訊いた。

「土地の百姓《もん》でございます」

「そうか。知り人が、おるのか……」武者が、年嵩の武者の一人を見た。

年嵩が月草を手招きした。

恐る恐る近寄った。暫く月草の顔を見詰めてから、見せてみろ、と言い、仏像を手

に取った。

「薬師如来か」

「左様でございます」

「誰が彫った？」

「手前でございます」

「亡き父に似ている……」

「……」

「おおらかで、武勇にも優れていた……」年嵩は空を見上げ、目を閉じた。これを、と目を開きながら言った。「譲っては、くれぬか」

「はあ……」

「米を購う足しにしてくれ」

年嵩が懐から金の小さな粒を取り出し、月草の手に握らせた。

「何分気が立っているものでな、嫌な思いをさせてしもうたな。許せ」

年嵩は周りの者に、行くぞ、と声を掛け、月草らに背を向けた。武者どもが後に続いた。

守介が、それらの後ろ姿を見送ってから、月草を見た。

「危ないところでしたね」月草の方が先に口を開いた。

「また助けられたな」

「因縁《いんねん》でしょう」

「他にもいたようだが」

古着に包んだ米を抱えた豊作が、にこやかに笑いながら手を上げ、くるりと向きを変えたところだった。

「あの一声で、米を三升取られました」

「雇うたのか。散財させてしもうたな」

「その分、いえ、それ以上の稼《かせ》ぎになったようでございます」

掌の中の金の粒を守介に見せた。

「そうか」安堵したのか、歯を覗かせた守介が、丁度よかった、と言った。「其の方に会いたかったのだ。殿のご最期のこと、聞かせてはくれぬか」

「承知いたしました……」

答えながら、四囲を見回した。まだ、遠くから二人を見ている村人が、何人かいる。

「ひとまず」と月草が言った。「ここを離れましょう」

三

月草は、下尾守介を魚野川の河原に誘った。

山の者が河原で飯を炊き、食う。至極当たり前に見えるはずである。

石を並べて竈を作り、川の水を鍋に汲み入れ、焚き付けた。

湯が沸くまでの間に、下尾守介が殿と呼んでいた武家の最期を、火薬を使ったところだけを伏せて、話して聞かせた。

「お蔭で、何とか逃げ切ることが出来ました」

「あれから十日の後に、戻ってみたのだが、殿のお亡骸は失せていた……」

土地の者に尋ねた、と守介が話を続けた。身共が探しに行く何日も前に、真田の追っ手が森に入ったが、何も見付けられなかったそうだ。

「山犬が持ち去ったのだ、と土地の者は言うておった。その者らが、夜の明ける前であったか、物凄《ものすご》い音を耳にした、天地が引っ繰り返るような音だったと申しておったが、心当たりはないか」

火薬と結び付けるかと思ったが、守介はそうは考えていないようだった。山の者と火薬とが、結び付かないのだろうか。月草は、知らぬ振りをすることにした。もし火薬だと言えば、どうして山の者がそれを持っているかと問い詰められるだろうし、作ったと知れば、いかにして作るのか、聞き出そうとするだろう。四三衆の皆が作ったものである。一存で里の者に教える訳にはいかない。木を倒した音だと答えた。

「寝ていたので、音が響き、驚いたのではないでしょうか」

「……」

見詰める守介に、坂戸で何をしていたのか尋ねた。

一瞬ためらったようだったが、二度にわたって助けられた恩義が口を開かせた。

「身共らは、真田を、ひいては甲斐の武田を倒すべく若殿を守《も》り立てていこうとしている。若殿とは、亡き殿のご嫡男《ちゃくなん》のことだ」

これまで越後は、と言って守介は、火床の前に石を並べて置いた。

「大きく二つに割れていた。守護代の長尾晴景《はるかげ》様を推す者と、晴景様の弟の景虎《かげとら》様こそ守護代に相応しいと推す者と、にだ。このことは、景虎様が晴景様の養子に入り、守護代となられたことで、一応の解決を見た。越後を一つにまとめられるのは景虎様を措《お》いて他にない、と豪族の方々が景虎様の力を認められたからだ。その景虎様を強く推されていたのが、信濃《しなの》の豪族・高梨政頼《たかなしまさより》様だ。其の方も、御名くらいは聞いたことがあろう？」

「殿様から伺っておりました。高梨様に会いに行った帰りに、真田の兵に見付かり、追われていた、と仰せでした」

「そこまでお話しになったのか」

「『儂を看取るのだ。儂が何をしてきて、ここで死ぬ羽目に陥ったのか知っていてもらわねば、相済まぬ』とも仰せになられました」

「そうか……そのように、な」

守介は声を詰まらせていたが、殿らしいお言葉だ、と呟くように言うと、閉じていた目を開いた。

「身共も有り体に申すとな、若殿の命を受け、高梨様が推されていた景虎様に、主家再興の望みを托すべくお訪ねするところなのだ」

守介は、小声になって続けた。

「ここ坂戸は、晴景様を推していた長尾政景《まさかげ》様の膝許《ひざもと》だ。春日山に行く前に、高梨様とは違う景虎様の評判を聞けたら、と思って寄ったのだが、見咎《みとが》められてしまった、という訳だ……」

「景虎様とは、どのような御方なのですか」

「身共もまだお会いしてはおらぬが、高梨様によると、戦《いくさ》においては、鬼神のような冴《さ》えを見せるらしい。武田晴信を討てるのは、景虎様しかおらぬとさえ仰しゃっていた」

「今、お幾つなので？」

「二十歳におなりだ」

「それは、また……」

「確かにお若い。しかし、歳ではない。要は器量の有る無しだ」

湯が沸いた。鍋の底から白い泡が浮いて来る。

「腹は空《す》いていらっしゃいますか」

「うむ」

「味噌雑炊でよろしければ、お作りしますが」

「頼もう」

湯の中に、干飯と干し味噌を入れた。

「春日山までは、まだ随分とございます」

「そうだな」

「十分お気を付けてくださいまし。手前はここを過ぎたら、山に入りますので」

「もう助けてはやれぬ、ということか」

「そのような……」

「いや、こうしていられるのも、其の方のお蔭だ。礼を申す」

守介が膝に手を置き、頭を下げた。手から肩の動きと、首の傾け方が、いかにも武人のものだった。人に見られてはいけない。止《や》めるように言った。

「済まぬ」急いで上体を起こすと、辺りを見回してから、あれから、と言った。

「何をしていたのだ？　身共らは、頼りとすべき御方を求め、諸方を訪ねていたのだが、其の方は、まさか、ずっと渡り歩いていた訳ではあるまい」

月草は《逆渡り》について語り、次いで耳千切《しま》れの話をした。手前の五体を嚙み千切る。それだけのために群れを離れ、信濃から四万の奥地まで、たった一匹で追い掛けて来た山犬について、見た限りのことを話した。

「膝の皿を割られ、死の淵まで追い込まれたのです。ために、ここに来るまでに一年を費やしてしまいました」

「すごいものだな」

「腰骨を折っても、牙を剝いていました」

「山犬ではない。其の方のことだ」

「手前は助けられただけですので」

「助けられるのも、その者の持った才だとは思わぬか。生きよ、と何者かが命じているのだ」

自らのことを言っているのだ、と気が付いた。

「恐れ入りました」

「出来ているようだぞ」守介が鍋に目を遣った。よい具合に干飯が膨らんでいる。

椀に盛り、己の箸を添えて差し出した。椀は菜を盛るために二つある。もう一つの椀に、己の雑炊を盛り、枯枝を折って箸にし、二人で食べ始めた。何の飾り気もない味であったが、腹に心地よく収まった。

「美味いな」

守介が箸を持つ手を休め、言った。

「もし娘が生まれたら、其の方の名をもらうが、よいか」

「男では、ないので？」

「済まぬが、武者に付ける名ではないからな」

言われてみれば、そうかもしれない。

「すると、いずれは月草の名を持つ者が三人となりましょう」

「もう一人は？」

「手前がいなくなったので、生まれて来る孫に付くはずです」

「そのような決まりなのか」

決まりではなかったが、死ぬか、集落から離れた者を集落の記憶に留《とど》めるために、孫などの一人に名を継がせることが多かった。月草にしても、《戦働き》で亡くなった祖父の名をもらっていた。

「ここにおらぬ二人の月草が出会えるとよいな」

「そんな時が来るのでしょうか」

「来る。そう信じようではないか」

「はい」

「身共らが、静かであるべき其の方の渡りを、騒がせてしもうたようだな。深く詫《わ》びるぞ」

月草は、八幡で守介と別れ、もらった金の粒を米に換え、山へと向かった。

# 四

月草は美佐島《みさしま》で魚野川を渡って二日町《ふつかまち》村に入り、二日町村から五十沢《いかざわ》川と三国《さぐり》川を越えて上出浦《かみいずな》に向かった。

道は平坦であったが、辺りには深い藪が続いていた。竹藪を通る時に、細いのを二本、太いのを四本、それぞれ背丈の三倍程の長さのものを伐り出して蔓で縛り、肩に担いだ。

上出浦を過ぎ、山口《やまぐち》へと足を延ばしたところで、日が傾き始めた。

露宿する場所を探しながら、宇田沢《うださわ》川に沿って進んだ。

人里から離れた河原に、格好の露宿地を見付けた。二方に大きな岩があり、火を焚いても明かりが遠くまで届きにくい。

明日は山である。山に入れば、人に襲われる恐れはほぼなくなるが、今夜はまだ用心が要る。引き回しを纏《まと》い、手槍を抱いて眠ることにし、笈を下ろした。薪《たきぎ》を集め、夕餉の支度に掛からねばならない。

石を並べて竈を作り、鍋に川の水を汲みながら魚影を調べた。鮠《はや》がいた。月草は平らな石を探し出し、竈の前に立て掛け、火で炙った。次いで細い竹の先を削り、銛《もり》を作った。

川辺に戻り、銛を構えた。

待つ間もなく、岩陰を黒い魚影が横切った。

子供の頃から、竹を銛にして突いてきている。呼吸は呑み込んでいた。魚が尾鰭《おひれ》を振り、向きを変えた。目の下を通り過ぎようとしている。月草は息を止め、魚の頭を狙い、水面《みなも》に映り込んだ魚影の下を迷わず突いた。

手応えが細竹を通して手に伝わってきた。

もう一尾突き獲ったところで、二尾の腸《はらわた》を抜き、竈に戻った。熱く焼けた平らな石を、銛の柄《え》で突き転がし、炎から離した。急いで味噌を塗り、鮠を並べる。味噌と鮠がふつふつと焦げ始めるのを見計らい、鍋に干飯を落とし入れた。

鮠の身を毟《むし》りながら、熱々の雑炊とともに食べた。

鍋を洗いに行くと、腕の長さ程の流木が流れてきた。山刀の柄に丁度入る太さである。引き寄せた。

枝を払いながら山を行くには、手槍では長過ぎる。流木を振ってみた。長さも手頃であった。山刀の切っ先で目釘孔《めくぎあな》を開け、笈に括り付けた。

その夜は、やたらと星が流れた。


翌朝は、まだ暗いうちに起き、鍋の底に残しておいた雑炊を温めて食べ、夜が白々と明ける前に出立した。足を急がせ、山口の集落に入る手前で祓川《はらい》支流の雪川《きよめ》を遡《さかのぼ》る道に入った。

最初はなだらかな道だったが、途中から急な岩道になった。落下するように流れる雪川の飛沫《しぶき》を浴びながら、背丈ほどもある岩を回り込み、登った。

この辺りに来ると、二十年前に辰の里で暮らしていた記憶が鮮明に甦ってきた。あの当時の声すら聞こえてくるような気がした。

大きく迂回することになるが、祓川の方から辰の里に入る道もあった。しかし、それは女子供を連れている時に限られていた。男だけの時は、雪川伝いに飛ぶようにして下り、猿《ましら》のように登ったものだった。

だが、と月草は腰に手を当て、雪川の流れを振り返りながら思う。それは、昔のことだ。今では登りとなると、息が上がり、足が出なくなってきている。

岩場を抜けると川が消えた。地下に潜っているのだ。岩を踏み、峰を仰いで半刻も登ると、また水が細い滝となって現れる。絹糸の滝と誰かが名付けたが、それが誰だったかは覚えていない。

絹糸の滝の脇を通り、さらに半刻も行くと下りになり、四方を山に囲まれた窪地に出る。その底近くから熱い湯が湧《わ》いている。その湯を冷ますために竹の樋《とい》で清水を引いていた。恐らく樋は雪に埋れ、腐り、跡形もなくなっているだろう。そのために竹を担いで来たのである。湯のお蔭で豪雪の地であるにもかかわらず、心地よく冬を過ごすことが出来たのだ。溢れ出た湯や水は、窪地の底から吸い込まれ、岩の下に消えた。どこかで、また地表に湧き出しているに違いない。

辰の里は、窪地に下りる南斜面に作られていた。

月草は、辰の里に遺されている小屋を、終《つい》の住処《すみか》にして過ごすつもりだった。その小屋には、生きていれば齢《よわい》八十を超す年になる柘植爺《つげじい》がいるかもしれない。四三衆の皆と別れる前に、柘植爺の息子から文《ふみ》を託されてはいたが、置き去りにしておよそ二十年。独りでは何度冬を越せたか分からない。既に朽ち果てて、白骨と化しているかもしれない。そうであるなら、墓を作ってやらねばならない。

月草は窪地に下りる手前で竹の束を置き、笈に括り付けていた流木を取り、山刀の柄《つか》に差し入れた。目釘代わりの楊枝《ようじ》を刺す。短い手槍が出来上がった。

藪を切り裂き、道を造ることから始めなければ、辰の里には下りられない。

手槍を振い、枝葉や蔓を切り、少しずつ下った。藪の向こうに小屋のようなものが見えた。蔓に覆われており、人の気配はない。屋根の端が壊れ、揚げ戸が傾《かし》いでいる。戸を押した。雪に埋もれた時の用心のために、戸は必ず内側に押し上げる形になっている。

膝を突き、戸の隙間から射し込む明かりを頼りに、小屋の中を覗いた。もう随分と長い間、使われていないのだろう。蜘蛛《くも》の巣だらけだった。やはり、柘植爺は保《も》たなかったのだ。柘植爺の亡骸を探した。土間にも、一段高くなった床にも、そこに切られた囲炉裏端にも、亡骸らしいものはなかった。外か。外で亡くなったとすると、おいそれとは探し出せないだろう。

月草は気を取り直すと、湯がどうなっているかを調べることにした。

竹の束を取りに戻り、藪を切り払いながら窪地の底へと向かった。底近くの岩場に、それはあった。

枯れ草と土砂に埋もれていたが、湯は湧き出ていた。小屋に取って返し、立木を伐り倒して先を平らに削り、それで土砂を掻き出した。次いで、竹を二つに割って節を抜き、清水の湧き出し口に差し入れ、水を引いた。

湯から濁りが消えれば、湯に浸かることが出来る。

汗を拭い、小屋に戻る道すがら薪を探した。囲炉裏で使うためだ。下草に紛れ、骨が転がっているのを見付けた。人の腰骨だった。柘植爺のものと思われた。小屋から湯に下りる途中、転んで、起き上がれないままに、事切れたのだろうか。辺りを探したが、他に骨は見当たらなかった。

小屋の横に文とともに埋め、小さな墓標を立てた。

その間に枝を集め、囲炉裏で焚き付け、火の燃え盛ったところで、青葉を山と被せた。煙が立ち上がり、天井を這い、壁を伝って床に下り、揚げ戸と小さな押し上げ戸から流れ出した。

これで小屋に住み着いている虫が出ていくはずである。

月草は、煙が薄れるのを待って小屋に入り、笈を框《かまち》に置き、中を見回した。土間に、柘植爺が伐り出した丸太が積まれていた。小屋の繕いに使うつもりだったのだろう。まだ半分以上は、朽ちもせずしっかりとしていた。屋根の葺替《ふきか》えや床の張替えに使わせてもらおう。

箍《たが》は緩《ゆる》んでいたが、桶も柄杓《ひしやく》も隅に伏せて置かれていた。月草は桶の箍を締め直し、水を入れていた竹筒と瓢簞《ひようたん》を手にして、窪地の底に下りた。きれいな湯が溜まり始めていたが、掻き回すと底の泥が舞い上がって濁った。もう一度掻き出して湯を溜めることにした。

桶に湯を汲み、竹筒と瓢箪に清水を入れ、熊笹を毟《むし》り取って小屋に戻った。桶の湯で襤褸《ぼろ》を絞り、囲炉裏の縁《ふち》や、物を載せる台などの埃を拭き取った。台は、丸太から板を切り出し、脚を付けたもので、手先の器用な梶の十代の頃の労作だった。

台に榧《かや》の遺骨の入った竹筒を置き、掌を合わせ、辰の里に着いたことを告げた。

「待たせたな。明日になったら、連れて行くからな」

窪地の縁をぐるりと回り、林を過ぎ、低地に向かって下って行くと、宇田沢川に合流する小さな川、泉川《いずみがわ》の源に出る。そこは、随分昔に土地が急激に沈んだという話で、今では崖になっていた。崖を下りると、岩だらけの大地が広がっている。

台地を横切り、森を抜けたところに、山桜の大木があった。榧が根方に遺骨を埋めてくれと言い残したところである。

鍋に水を入れ、火に掛けた。

明日は榧の遺骨を埋める。

その翌日からは、四囲の雑草や雑木を取り除き、薬草も摘み始める。

後何年したら、四三衆の皆が渡りを重ね、再びこの地に来るのか。一ヵ所に五年として、恐らく二十年のうちには、またここに来るに相違ない。その頃は、辰の里ではなく、何と呼ばれるのだろう。

二十年ならば、俺はまだ八十前だ。

無理な数字にも思えたが、彼らが来るまで、ここで墓守《はかも》りとして生きよう。

そのためにも薬草を採り、米と塩を欠かさぬようにし、薬湯を飲んで、身体をいたわらねばならない。

熊笹を軽く炙り、沸いた湯に入れ、熊笹茶を作った。熱い茶を飲んだところで、熊笹を取り出し、米を落とした。米が煮えれば、茶粥《ちゃがゆ》が出来上がる。

柘植爺は、ここで何年過ごしていたのかと考えているうちに、細かな彫り物が得意であったことを思い出した。

指の太さ程の枝の先に、大黒《だいこく》様を彫り、女子衆《おなごしゅう》に髪飾りだと言って渡していた。椢も、喜んで使っていた。

あの時の、小刀はあるのだろうか。

小屋の中を探した。あるのならば、囲炉裏の周りのどこかである。

柘植爺はどこに座っていたのか。座るのは、入り口を見渡せる場所だったろう。その辺りを探した。砥石の脇に、埃や木っ端、枯れ葉に混じって、樫《かし》の柄の小刀が落ちていた。彫り上げたものもあった。小指の先程の大黒様と布袋《ほてい》様だった。

刃は錆《さ》びついていたが、研《と》げば十分使えそうだ。柘植爺のを真似て彫ってみるか。

椀の茶粥を啜り終えた後、早速小刀の刃を研ぎ始めた。錆は間もなく落ちた。

試しに、枝の先を削ってみた。切れる。

よし。声に出して言い、大黒様に取り掛かった。だが、太い枝と違い、細い枝の細工は難しかった。大黒様とは似ても似つかない、妙なものになってしまった。

明日から毎日手を動かして、上手くなるしかないか。

やることが一つ出来たことが嬉しかった。

残りの茶粥に味噌を落として温め直し、食べて、寝た。

五

その夜、夢を見た。

夢の中の月草も若かったが、框も若かった。小屋の様子から、二十二年前。場所はここ、辰の里だった。

とすると、月草は三十七歳で、椪は三十五歳である。

椪は囲炉裏端で繕いものをしていた。小草《おぐさ》と笹と竹の姿は見えない。小草は十八歳。若衆小屋で同じ年頃の者と寝起きをともにしており、十五歳の笹と十三歳の竹は、月のものが始まったため、終わるまで二人とも女小屋で過ごしているのだ。椪の針を運ぶ音さえ聞こえてきそうな夜だった。

そうだ。確かに、そんな夜があった。思い出しながら、夢の続きに戻った。

椪が、明日は桜を見に行かないかと言った。

前の年、二人で茸狩りに行き、見付けた山桜のことを言っているのだと、直ぐに分かった。

来年の春が来たら、必ず見に来ましょうね。椪の声が耳朶《じだ》に甦った。華やいだ声だった。

明日は四三衆としての務めは、何もなかった。

行くか。

椪が嬉しげに顔を綻《ほころ》ばせた。

窪地を回り、崖を下り、台地から森に入った。

こっちでしたよね。椪が振り向いた。余程嬉しいのか、先に立って進んで行く。

そうだ。真っ直ぐだ。安心したらしく、歩みを早める。

だが、どこでどう道を間違えたのか、森が尽きない。

立ち止まり、途方に暮れかけた榧の髪を、風がそよとなぶった。思わず、風を避けようとした榧の頭に、肩に、差し出した手に、山桜の白い花びらが、はらはらと舞い落ちてきた。

あらっ。

掌の花びらを月草に見せると、榧が小走りになった。

慌てるな。木の根につまずくぞ。

はい。榧は答えるだけで、走りを緩めようとはしない。追った。

榧の姿が木の間の向こうに見え隠れしながら遠退いて行く。待ちなさい。

前方が俄に明るくなった。森が途切れたのだ。

榧が走るのを止め、立ち止まっている。追い付いた月草は、榧の肩に手を掛けたま ま、息を呑んだ。月草の視界のすべてを、白い花を満開に咲かせた山桜の大木が覆い尽くしていた。

月草は声をなくして、山桜を見上げた。

榧の肩が小さく震えている。月草は榧の背を抱き締めた。榧の指が、月草の指を握った。

花は舞い落ち、雪のように降り積もり、地を白く染めている。

「あの花びらに包まれて、眠りたい」榧が囁《ささや》くように言った――。

そこで、目が覚めた。

月草は、小屋の中で独り、目を開けて、闇を見詰めた。

あの花びらに包まれて、眠りたい。榧の言葉を、そっと口の中でなぞってみた。

そうか、と口に出して言い、榧の遺骨の入っている竹筒を軽く睨んだ。あの花の姿を、思い出させようとしたのだな。このいたずら者めが。

二人で見よう。あの桜を。

月草は半身を起こすと、丸太の隙間から射し込んでくる月の光に目を遣った。どこかに榧がいそうな気がした。

烏《からす》の啼《な》き声で、起こされた。日は既に上っていたが、木々に射す日差しの具合からすると、まだ早朝だと知れた。

榧の遺骨に掌を合わせてから、朝飯の支度に掛かった。

飯を炊き、小さな握り飯を榧に供《そな》え、自身は椀に盛った飯を焼き味噌で食べた。

櫃の遺骨を入れた竹筒を胸許に収め、飲み水を入れた瓢箪を腰から下げ、小屋を出た。

窪地を回る道は、伸びた草木に覆われていた。手槍で切り開きながら進んだ。

全身汗みずくになった頃には、山刀の刃も、草木の灰汁《あく》で切れなくなっていた。

月草は目釘を抜いて山刀を杖から外すと、刃に水を掛け、砂岩の小石を探して研いだ。研ぎ終え、手槍に作り直し、また歩き始めた。

腕を振る度に、山刀が枝を、葉を、草を、切り落とす。枝や草を切る時、何の抵抗もなくなった。上手く研げた証《あかし》である。月草は、ぐんぐんと距離を稼いだ。

見覚えのある岩が葉陰の向こうにあった。この裏から低地に下りられたはずだ。

手槍を振い、坂を下りた。左手に崖が続いているのが見えた。中程から水が滴り落ちている。泉川の源だった。

崖下に出た。岩だらけの台地を前にして、泉川の雫を口に含んだ。

息を吐き、また刃を研いだ。これから岩場を横切り、森を抜けなければならない。

森の中は、恐らく下草が伸び放題に繁っているだろう。

立ち上がり、森に向かった。

青い空を、白い雲がゆったりと渡っている。森が、台地が、雲の影に入った。月草も影に飲まれた。僅かに肌寒さを感じる。今まで吹いていなかった風が、野面《のづら》を駆け抜け、山に上がってくる。空の高いところで、風が鳴っている。

月草は台地を横切り、岩に掛かる枝を払い、森へ踏み込んだ。

草を、枝を、切り落とし、ひたすら歩みを重ねた。下草が蒸れたようににおう。空を振り仰《あお》いでも、日は雲に隠れて見えず、空さえも繁った葉に覆い隠されている。

方向が分からなくなっていたが、心配はなかった。戻ろうと思えば、切り落とした枝葉を目印にすれば難無く戻れる。となれば、前に進むだけである。

手槍を持つ手に力を込めた。太い枝が、くん、と音を立てて切れた。

森の生き物たちが、遠くから、近くから、見ている気配がした。

珍しくもなかろう。俺は、俺の山に戻ったのだから。猶も進んだ。

俄に刃の切れ味が鈍ってきた。もう、か。月草は、舌打ちした。もう少し、頑張れ。

どこかで、森が騒いだ。ざわ、と声を立てている。

何だ？

月草の顔に、風が吹き寄せて来た。思わず、刺し子の袖《そで》で風を避《よ》けた。

白いものが、目の前をはらり、とよぎった。

……。

掌に受けた。桜の花びらだった。見上げると、幾片かの花びらが舞っている。吹き抜けた風から取り残されたのだろう。

近く、だ。

見回した。前方が微かに明るんでいる。あれ、か。あそこ、か。

思うより早く、月草の足が地を蹴った。草が、木が、後ろに飛んで行く。

もう少しだ。

懐に収めた榧に語りかけた。

慌てると、木の根につまずきますよ。榧の声がした。

冗談、言うな。猿《ましら》と言われた俺だぞ。言ってから、自身が榧に言ったことだと思い出した。

ふふふっ、と榧が笑った。

なあ、と走りながら榧に言った。俺は、ここにまた、おまえと来たくて、生きてきたような気がするぞ。

森を抜けた。目の前が突然明るくなった。

満開の山桜が、雪のように花びらを降らせていた。

着いたぞ。榧に言った。

（『嶽神列伝　逆渡り』完）

# 解説

縄田一男（文芸評論家）

極めて稀《まれ》なことではあるが、読了して魂が浄化されたような気持ちになる小説がある。

私にとって『嶽神列伝　逆渡り』（旧題『逆渡り』）が正にそうだった。

私は、この作品を読んだときのことを昨日のことのように覚えている。二〇一一年二月の底冷えのする明け方だった。今も連載している日本経済新聞の時代小説時評で、どの本を扱おうかとさんざん迷った挙句、のことである。

かつて『血路　南稜七ツ家秘録』で第二回角川春樹小説賞を受賞した長谷川卓の作品を書評したことを思い出し、ようやく迷いがふっ切れて、『嶽神列伝　逆渡り』をむさぼるように読みはじめたのである。

幾つかある候補作の中から何故、本書を選んだのか――。

それはまず文体であった。いまどき純文学の大衆文学のなどというナンセンスなことは言おうとは思わない。しかしながら、長谷川卓は、「昼と夜」で第二十三回群像新人賞を受賞し、一九八一年、「百舌が啼いてから」で芥川候補となった作家である。

つまりは、命懸けで文章修業をした作家だけが持つことのできる文体を持っている、ということだ。

そして、本文庫に収録されている『嶽神』『嶽神伝　無坂』『嶽神伝　孤猿』を既に読了されている方にとっては、本書はいささか違和感を抱く作品となっているのではないかと思われる。

本書も前三作と同様に、山の民の暮らしや風土感、そして戦乱の世に生と死の狭間を生きねばならぬ宿命が描かれている。

ここで本シリーズの刊行順を確認しておくと、
①『嶽神』（旧題『嶽神忍風』全三巻、中公ノベルスより二〇〇四年一月〜六月刊）
②『嶽神列伝　逆渡り』（旧題『逆渡り』、毎日新聞社より二〇一一年二月刊）
③『嶽神伝　無坂』（講談社文庫書下し、二〇一三年十月刊）
④『嶽神伝　孤猿』（講談社文庫書下し、二〇一五年五月刊）
ということになる。

講談社文庫への収録順が、①から③④という書下し作品となったのは、①の忍者伝奇小説的な味付けが好評となって、十万部を越えるヒットとなり、同傾向の作品が求められたためではあるまいか。

①は、初刊がノベルスということもあり、当然、前述の娯楽性は必須のものとなる。同じ路線の作品が要求されるのは当然というものである。

しかし、私はこのシリーズの本質を最もよく現わしているのは、文庫収録がこの四作品の中で最後になった本書ではないかと思っている。但し、私も①や③④を興奮しながら読んだ口であり、これらを否定するものではない。が、本書に示されているのは、伝奇的色彩等を削ぎ落とした、いわば、裸形としての〈嶽神〉シリーズのテーマなのではあるまいか。

つまり『嶽神列伝　逆渡り』は刊行順こそ二番目ながら、これら〈嶽神〉シリーズのルーツであり、主人公たちの死生観や山の民の掟など、そのすべてを統率した出発点である、ということなのだ。

作品では冒頭のノスリと野鼠《のねずみ》の殺し合いから人間同士の殺し合い＝戦さを描き、次いでその中から主人公・月草《つきくさ》の《逆渡り》の意志が明らかにされていく。

月草は、五十七歳。作中では「渡りを行う集落の多くは、六十になると、渡りや新たな山での暮らしに耐えられないからと、渡りに発つ時、年が達した者を置き去りにした」と説明されている。

しかし、月草の行なおうとしている《逆渡り》は、山の民が生きるために渡るのではなく、死に向かって一人で渡ることをいう。つまりは自らの意志で行なう姥捨《うばす》てだ。

武田晴信、長尾景虎が抗争を繰り返す上信越にあって、四三衆《しそうしゆう》の老渡り・月草は、その逆渡りの旅に出る。

四年前に死んだ妻・榧《かや》の遺骨を背負い、彼女が自分を埋めてくれと言った山桜の下を目指して——。

その間およそ一年、私たちは月草とともにさまざまな生死の現場に立ち会うことになる。

山の民はただでさえ、医術に長じているため、傷を負った者たちの手当てを求められるし、〈御血筋〉の死体を見つけ出すためにかえって若いもののふを喪うこともある。そんな中、作者は、月草のさまざまな思いを問答や独白だけで綴《つづ》っていく。これはなかなかにできることではない。

長谷川卓は、月草の心の中にどこまでも錨《いかり》を下ろしていくのだ。

そして、「第三章　耳千切れ」で、私たちは、月草とともに最初の大きな生死の現場に立ち会うことになる。月草が出会ったのは、余名いくばくもない殿様とその配下の守介《もりすけ》。殿様は守介に密書を届けるように命じ、月草とともに、その場にとどまる——いや、死を前にして動けないのだ。

その折の月草の言い草が、

「命が尽きるまで、犬を近付けぬようにすることなら、出来ます」「手前が逃げる段になりましたら、殿様の亡骸を犬にくれてやり、時を稼がせてもらいます」というもの。

実際には、山犬の襲撃は凄《すさ》まじいもので、月草は辛くも火薬を使って、この場を脱出することになる。

はやくもこの段を読むと、自然の中で生きとし生けるものすべてに無駄というものがないことに、私たちは気づかされるに違いない。そして、冒頭のノスリと野鼠の殺し合いと人間同士の戦さの違いにも——。

前にも記したように、月草は薬の調合に長じているために、さまざまな人間の善意とエゴを経験しながら、道中を続けていくことになる。

「第四章　薬草」では、大きな火傷《やけど》を負った村長の孫を助けるべく、手当てをしているうちはいいものの、容体が急変して命が果てるや、今度はこちらが命を奪われんとする。

そして、これはいいがかりなのだが、娘に火傷を負わせた親娘を振り捨てて去っていく。

作者は記している――「助けることが、親子にとって益になるとは思えなかった。咲（筆者注：火傷を負った娘）の父親の気を晴らした方が、あの親子は里に留まりやすくなるだろう。万一にも里を追われることになれば、親子が生き延びる道はないに等しい。堪えることが生き抜く唯一の術なのだ」（傍点筆者）。

人はすべての人を救うことはできないのだ。

そして月草は自問自答する。

　椢の顔が、栃の顔が、そして多くの死んでいった者たちの顔が、瞼に浮かんだ。やがて、それも遠くない先に、俺も椢たちの仲間になるのだ。そう考えると、生きるとは何なのか、死ぬとは何なのか、悼《いた》むとは何なのか、幸運と感じていたこととは何なのか、分からなくなってしまう。

　星が瞬《またた》いている。俺が生まれる前から瞬き、多分俺が死んだ後も瞬いているのだろう。小草も笹も竹も、孫たちも死に、その子らも死に、四三衆の最後の一人も死に果てたとしても、星は瞬いているのだろうか。何だか己というものが、ひどくちっぽけなものに思えてきた。

俺たちの歩いた跡は、果してこの世に残るのだろうか。それとも、跡形もなく消えてしまうのだろうか。

月草という名は祖父の名前だった。祖父を忘れないように、と父は俺を月草と名付けた。俺が隠れ里を去ったことにより、小草らに次の子が生まれたら、月草の名が付けられるだろう。そうやって、暫くの間は、その子に俺の思い出が語られるのだろうが、それにも限りはある。誰も俺を見たことがない時が来るのだ。その時、俺は誰にも思い出されなくなるのだろうか。（本文一四七ページ）

その感慨も束の間、月草は、二人組の《ひとり渡り》に襲われ、川の水面に叩き付けられた瞬間、大事な遺骨の入った笈《おい》を流れに見失い、あろうことか猿に奪われてしまう。

その後、思わぬ奇遇によって、遺骨は月草の手に戻るが、「第六章　命」〜「第八章　冬籠り」は、月草にとっても私たち読者にとっても最も辛いくだりといっていいのではあるまいか。

一体、《逆渡り》とは何なのか。死にに行くために必死に生き、時には己れの手を血で染めてしまう――。

四三衆との間では「生涯の仲間として、自らの命の重さと同じものを相手の中に見出していた」月草ではないか。そして月草は「今日を生き、明日を生きるためには、今日まで歩いてきた道は正しかったのだ、と思うしかない」と考える。

長谷川卓は、この逆説の中に、命の重さと人間の業を見つめているのだ。

未読の方のためにラストシーンは書かないでおくが、この一篇で問われているのは、エコではないのか。

真のエコとは老いた時、自らの命を自然に差し出し、若い時は敬虔《けいけん》な思いで自然から何物かを得る。

その厳しい認識が深い感動を呼ぶのである。

こうして考えていくと、作者が一貫して自然と人間界の狭間で生きる山の民を主人公にしていることが了解されよう。すると『嶽神』が一大伝奇小説でありながら、単なる宝捜しのパターンを幾重にも越え、『嶽神伝　無坂』が、時折本書と同じ匂いを放ち、続く『同　孤猿』でますます、それが深まっていることにも納得がいこう。

ここで時代小説はハードルが高いと思っている読者にどうしても一言いっておきた

いことがある。本書のテーマがエコであるように、優れた時代小説は私たちの〈いま〉と合わせ鏡、すなわち、現在進行形の文学なのである。

そして最後にさらにもう一つだけいっておきたい。私がこの作品の批評を日本経済新聞に掲載したのは二〇一一年の三月九日だが、ネットで配信されたのは三月十一日、すなわち、東日本大震災の日ではないか。

たとえ、それが紙の上であっても実際の災害であっても命への問いかけは変わらない。

人が人として生きている限り――。

本書は二〇一一年二月、毎日新聞社より刊行された『逆渡り』を改題したものです。

|著者|長谷川 卓　1949年、神奈川県生まれ。早稲田大学大学院文学研究科演劇専攻修士課程修了。'80年、「昼と夜」で第23回群像新人文学賞受賞。'81年、「百舌が啼いてから」で芥川賞候補となる。2000年、『血路 南稜七ツ家秘録』(改題)で第2回角川春樹小説賞受賞。主な著書に「高積見廻り同心御用控」シリーズ、「雨乞の左右吉捕物話」シリーズ、「嶽神伝」シリーズなどがある。

嶽神列伝《がくじんれつでん》　逆渡《さかわた》り

長谷川《はせがわ》 卓《たく》



2016年3月15日第1刷発行
2019年3月15日第2刷発行

発行者――渡瀬昌彦
発行所――株式会社 講談社
東京都文京区音羽2-12-21　〒112-8001
電話 出版 (03) 5395-3510
　　 販売 (03) 5395-5817
　　 業務 (03) 5395-3615

Printed in Japan

講談社文庫

定価はカバーに
表示してあります

デザイン―菊地信義
本文データ制作―講談社デジタル製作
印刷―――信毎書籍印刷株式会社
製本―――株式会社国宝社



ISBN978-4-06-293342-1

# 講談社文庫刊行の辞

二十一世紀の到来を目睫に望みながら、われわれはいま、人類史上かつて例を見ない巨大な転換期をむかえようとしている。

世界も、日本も、激動の予兆に対する期待とおののきを内に蔵して、未知の時代に歩み入ろうとしている。このときにあたり、創業の人野間清治の「ナショナル・エデュケイター」への志を現代に甦らせようと意図して、われわれはここに古今の文芸作品はいうまでもなく、ひろく人文・社会・自然の諸科学から東西の名著を網羅する、新しい綜合文庫の発刊を決意した。

激動の転換期はまた断絶の時代である。われわれは戦後二十五年間の出版文化のありかたへの深い反省をこめて、この断絶の時代にあえて人間的な持続を求めようとする。いたずらに浮薄な商業主義のあだ花を追い求めることなく、長期にわたって良書に生命をあたえようとつとめるところにしか、今後の出版文化の真の繁栄はあり得ないと信じるからである。

同時にわれわれはこの綜合文庫の刊行を通じて、人文・社会・自然の諸科学が、結局人間の学にほかならないことを立証しようと願っている。かつて知識とは、「汝自身を知る」ことにつきていた。現代社会の瑣末な情報の氾濫のなかから、力強い知識の源泉を掘り起し、技術文明のただなかに、生きた人間の姿を復活させること。それこそわれわれの切なる希求である。

われわれは権威に盲従せず、俗流に媚びることなく、渾然一体となって日本の「草の根」をかたちづくる若く新しい世代の人々に、心をこめてこの新しい綜合文庫をおくり届けたい。それは知識の泉であるとともに感受性のふるさとであり、もっとも有機的に組織され、社会に開かれた万人のための大学をめざしている。大方の支援と協力を衷心より切望してやまない。

一九七一年七月

野間省一

## 講談社文庫　目録

## 講談社文庫　目録

## 講談社文庫　目録

東野圭吾　麒麟の翼
東野圭吾　パラドックス13
東野圭吾　祈りの幕が下りる時
東野圭吾作家生活25周年祭り実行委員会　東野圭吾公式ガイド〈読者1万人が選んだ東野作品人気ランキング発表〉
姫野カオルコ　ああ、懐かしの少女漫画
姫野カオルコ　ああ、禁煙vs.喫煙
平野啓一郎　高瀬川
平野啓一郎　ドーン
平野啓一郎　空白を満たしなさい(上)(下)
平山譲　片翼チャンピオン
百田尚樹　永遠の0《ゼロ》
百田尚樹　輝く夜
百田尚樹　風の中のマリア
百田尚樹　影法師
百田尚樹　ボックス！(上)(下)
百田尚樹　海賊とよばれた男(上)(下)
ヒキタクニオ　東京ボイス
ヒキタクニオ　カワイイ地獄
平田オリザ　十六歳のオリザの冒険をしるす本

平田オリザ　幕が上がる
ビッグイシュー　枝元なほみ　世界一あたたかい人生相談
久生十蘭　久生十蘭「従軍日記」
東直子　さようなら窓
東直子　らいほうさんの場所
東直子　トマト・ケチャップ・ス
平敷安常　キャパになれなかったカメラマン(上)(下)〈ベトナム戦争の語り部たち〉
樋口明雄　ミッドナイト・ラン！
樋口明雄　ドッグ・ラン！
平谷美樹　藪の奥〈眠る義経秘宝〉
平谷美樹　小居留地同心・凌之介秘帳　倫敦の幽霊
蛭田亜紗子　人肌ショコラリキュール
樋口卓治　ボクの妻と結婚してください。
樋口卓治　続・ボクの妻と結婚してください。
樋口卓治　もう一度、お父さんと呼んでくれ。
樋口卓治　「ファミリーラブストーリー」
平山夢明　どたんばたん(土壇場譚)〈大江戸怪談〉
平山夢明　魂《たま》豆《どう》腐《ふ》〈大江戸怪談どたんばたん(土壇場譚)〉
東川篤哉　純喫茶「一服堂」の四季

東山彰良　流《りゅう》
樋口直哉　偏差値68の目玉焼き〈星ヶ丘高校料理部〉
藤沢周平　新装版　春秋の檻〈獄医立花登手控え(一)〉
藤沢周平　新装版　風雪の檻〈獄医立花登手控え(二)〉
藤沢周平　新装版　愛憎の檻〈獄医立花登手控え(三)〉
藤沢周平　新装版　人間の檻〈獄医立花登手控え(四)〉
藤沢周平　新装版　闇の歯車
藤沢周平　新装版　市塵(上)(下)
藤沢周平　新装版　決闘の辻
藤沢周平　新装版　雪明かり
藤沢周平　義民が駆ける〈レジェンド歴史時代小説〉
藤沢周平　喜多川歌麿女絵草紙
藤沢周平　闇の梯子
古井由吉　野川
船戸与一　夜来《ライ》香《シャン》海峡
船戸与一　新装版　カルナヴァル戦記
藤田宜永　樹下の想い
藤田宜永　艶《つや》め　き
藤田宜永　流　砂

藤田宜永　子宮の記憶〈ここにあなたがいる〉
藤田宜永　乱調
藤田宜永　壁画修復師
藤田宜永　前夜のものがたり
藤田宜永　戦力外通告
藤田宜永　いつかは恋を
藤田宜永　喜の行列 悲の行列(上)(下)
藤田宜永　老猿
藤田宜永　女系の総督
藤水名子　紅嵐記(上)(中)(下)
藤原伊織　テロリストのパラソル
藤原伊織　ひまわりの祝祭
藤原伊織　雪が降る
藤原伊織　蚊トンボ白鬚の冒険(上)(下)
藤原伊織　遊戯
藤田紘一郎　笑うカイチュウ
藤本ひとみ　新・三銃士 少年編・青年編〈ダルタニャンとミラディ〉
藤本ひとみ　皇妃エリザベート
藤木美奈子　傷つけ合う家族〈ドメスティック・バイオレンスを乗り越えて〉

福井晴敏　Twelve《トゥエルブ》 Y.O.《ワイオー》
福井晴敏　亡国のイージス(上)(下)
福井晴敏　川の深さは
福井晴敏　終戦のローレライ I～IV
福井晴敏　6ステイン
福井晴敏　平成関東大震災〈いつか来るとは知っていたが今日来るとは思わなかった〉
福井晴敏　人類資金1～7
福井晴敏　限定版 人類資金7
福井晴敏作 霜月かよ子画　C－blossom《シーブロッサム》〈case《ケース》729〉
藤原緋沙子　遠花火〈見届け人秋月伊織事件帖〉
藤原緋沙子　春《はる》疾風《はやて》〈見届け人秋月伊織事件帖〉
藤原緋沙子　暖《ぬくめ》鳥《どり》〈見届け人秋月伊織事件帖〉
藤原緋沙子　霧の路《みち》〈見届け人秋月伊織事件帖〉
藤原緋沙子　鳴《なる》子《こ》守《もり》〈見届け人秋月伊織事件帖〉
藤原緋沙子　夏ほたる〈見届け人秋月伊織事件帖〉
藤原緋沙子　笛吹川〈見届け人秋月伊織事件帖〉
藤原緋沙子　青嵐《せいらん》〈見届け人秋月伊織事件帖〉
椹野道流　禅定の弓〈鬼籍通覧〉
椹野道流　亡羊の嘆〈鬼籍通覧〉

福田和也　悪女の美食術
深水黎一郎　エコール・ド・パリ殺人事件〈レザルティスト・モウディ〉
深水黎一郎　トスカの接吻〈オペラ・ミステリオーザ〉
深水黎一郎　ジークフリートの剣《つるぎ》
深水黎一郎　言霊《ことだま》たちの反乱
深水黎一郎　世界で一つだけの殺し方
深水黎一郎　ミステリー・アリーナ
深見真　猟犬〈特殊犯捜査・呉内冴絵〉
深見真　硝煙の向こう側に彼女〈武装強行犯捜査・塚田志士子〉
藤谷治　遠い響き
深町秋生　ダウン・バイ・ロー
冬木亮子　書けそうで書けない英単語〈Let's enjoy spelling!〉
古市憲寿　働き方は「自分」で決める
船瀬俊介　かんたん「1日1食」!!〈万病が治る！ 20歳若返る！〉
二上剛　黒薔薇 刑事課強行犯係 神木恭子
二上剛　ダーク・リバー〈暴力犯係長 葛城みずき〉
藤野可織　おはなしして子ちゃん
古野まほろ　身元不明《ジェーン・ドゥ》〈特殊殺人対策官 箱崎ひかり〉
藤崎翔　時間を止めてみたんだが

# 講談社文庫　目録

辺見　庸　抵抗論
星　新一　エヌ氏の遊園地
星　新一編　ショートショートの広場①〜⑨
本田靖春　不当逮捕
堀江邦夫　原発労働記
保阪正康　昭和史七つの謎
保阪正康　昭和史 七つの謎 Part2
保阪正康　天皇〈「君主」の父、「民主」の子〉
保坂和志　未明の闘争(上)(下)
堀江敏幸　熊の敷石
堀江敏幸　燃焼のための習作
本格ミステリ作家クラブ編　珍しい物語のつくり方〈本格短編ベスト・セレクション〉
本格ミステリ作家クラブ編　法廷ジャックの心理学〈本格短編ベスト・セレクション〉
本格ミステリ作家クラブ編　見えない殺人カード〈本格短編ベスト・セレクション〉
本格ミステリ作家クラブ編　空飛ぶモルグ街の研究〈本格短編ベスト・セレクション〉
本格ミステリ作家クラブ編　凍れる女神の秘密〈本格短編ベスト・セレクション〉
本格ミステリ作家クラブ編　からくり伝言少女〈本格短編ベスト・セレクション〉
本格ミステリ作家クラブ編　探偵の殺される夜〈本格短編ベスト・セレクション〉
本格ミステリ作家クラブ編　墓守刑事の昔語り〈本格短編ベスト・セレクション〉
本格ミステリ作家クラブ編　子ども狼ゼミナール〈本格短編ベスト・セレクション〉
本格ミステリ作家クラブ編　ベスト本格ミステリTOP5〈短編傑作選001〉
星野智幸　毒身
星野智幸　われら猫の子
星野智幸　夜は終わらない(上)(下)
本田靖春　我、拗ね者として生涯を閉ず(上)(下)
本城英明　警察庁広域特捜官　梶山俊介〈広島・尾道「刑事《デカ》殺し」〉
堀田純司　スゴい雑誌〈「業界誌」の底知れない魅力〉
堀田純司　僕とツンデレとハイデガー〈ヴェルシオン アドレサンス〉
本多孝好　チェーン・ポイズン
本多孝好　君の隣に
穂村　弘　整形前夜
穂村　弘　ぼくの短歌ノート
堀川アサコ　幻想郵便局
堀川アサコ　幻想映画館
堀川アサコ　幻想日記店
堀川アサコ　幻想探偵社
堀川アサコ　幻想温泉郷
堀川アサコ　幻想短編集
堀川アサコ　大奥の座敷童子
堀川アサコ　おちゃっぴい〈大江戸八百八〉
堀川アサコ　月下におくる(上)(下)〈沖田総司青春録〉
堀川アサコ　芳《ほう》一《いち》
堀川アサコ　月夜彦
本城雅人　境界〈横浜中華街・潜伏捜査〉
本城雅人　スカウト・デイズ
本城雅人　スカウト・バトル
本城雅人　嗤うエース
本城雅人　贅沢のススメ
本城雅人　誉れ高き勇敢なブルーよ
本城雅人　シューメーカーの足音
本城雅人　ミッドナイト・ジャーナル
堀川惠子　裁かれた命〈死刑囚から届いた手紙〉
堀川惠子　死刑の基準〈「永山裁判」が遺したもの〉
堀川惠子　永山則夫〈封印された鑑定記録〉
堀川惠子　教誨師
堀川惠子・小笠原信之　チンチン電車と女学生〈1945年8月6日・ヒロシマ〉
ほしおさなえ　空き家課まぼろし譚

# 講談社文庫　目録

## 講談社文庫　目録

舞城王太郎　九十九十九
舞城王太郎　山ん中の獅見朋成雄《しみともなるお》
舞城王太郎　好き好き大好き超愛してる。
舞城王太郎　SPEEDBOY!
舞城王太郎　獣の樹
舞城王太郎　イキルキス
舞城王太郎　短篇五芒星
松浦寿輝　花腐《くた》し
松浦寿輝　あやめ鰈ひかがみ
真山仁　虚像の砦
真山仁　新装版 ハゲタカ(上)(下)
真山仁　新装版 ハゲタカII(上)(下)
真山仁　レッドゾーン(上)(下)
真山仁　グリード〈ハゲタカIV〉(上)(下)
真山仁　ハーディ〈ハゲタカ2・5〉(上)(下)
真山仁　スパイラル〈ハゲタカ4・5〉
真山仁　そして、星の輝く夜がくる
牧秀彦　裂《れっ》帛《ぱく》〈五坪道場一手指南〉
牧秀彦　凜《りん》々《りん》〈五坪道場一手指南〉

牧秀彦　雄《ゆう》飛《ひ》〈五坪道場一手指南〉
牧秀彦　清《せい》冽《れつ》〈五坪道場一手指南〉
牧秀彦　美《び》剣《けん》〈五坪道場一手指南〉
真梨幸子　孤《こ》虫《ちゅう》症《しょう》
真梨幸子　深く深く、砂に埋めて
真梨幸子　女ともだち
真梨幸子　クロク、ヌレ!
真梨幸子　えんじ色心中
真梨幸子　カンタベリー・テイルズ
真梨幸子　イヤミス短篇集
真梨幸子　人生相談。
牧野修 巴亮介 漫画原作　ミュージアム〈公式ノベライズ〉
松本裕士　兄弟〈追憶のhide〉
円居挽　丸太町ルヴォワール
円居挽　烏丸ルヴォワール
円居挽　今出川ルヴォワール
円居挽　河原町ルヴォワール
松宮宏　秘剣こいわらい
松宮宏　くすぶり亦《また》蔵《ぞう》〈秘剣こいわらい〉

松宮宏　さくらんぼ同盟
丸山天寿　琅《ろう》邪《や》の鬼
丸山天寿　琅《ろう》邪《や》の虎
町山智浩　アメリカ格差ウォーズ 99%対1%
松岡圭祐　探偵の探偵
松岡圭祐　探偵の探偵II
松岡圭祐　探偵の探偵III
松岡圭祐　探偵の探偵IV
松岡圭祐　水鏡推理
松岡圭祐　水鏡推理II〈インパクトファクター〉
松岡圭祐　水鏡推理III〈パレイドリア・フェイス〉
松岡圭祐　水鏡推理IV〈アノマリー〉
松岡圭祐　水鏡推理V〈ニュークリアフュージョン〉
松岡圭祐　水鏡推理VI〈クロノスタシス〉
松岡圭祐　探偵の鑑定I
松岡圭祐　探偵の鑑定II
松岡圭祐　万能鑑定士Qの最終巻〈ムンクの〈叫び〉〉
松岡圭祐　黄砂の籠城(上)(下)
松岡圭祐　シャーロック・ホームズ対伊藤博文

松岡圭祐　八月十五日に吹く風
松岡圭祐　生きている理由
松岡圭祐　黄砂の進撃
松岡圭祐　瑕《か》疵《し》借り
松島泰勝　琉球独立宣言〈実現可能な五つの方法〉
松原　始　カラスの教科書
益田ミリ　五年前の忘れ物
マキタスポーツ　一億総ツッコミ時代〈決定版〉
三好　徹　政・財　腐蝕の１００年
三好　徹　政・財　腐蝕の100年　大正編
三浦綾子　ひつじが丘
三浦綾子　岩に立つ
三浦綾子　青い棘《とげ》
三浦綾子　イエス・キリストの生涯
三浦綾子　愛すること信ずること
三浦明博　感染広告
三浦明博　滅びのモノクローム
宮尾登美子　新装版天璋院篤姫(上)(下)
宮尾登美子　新装版　一絃の琴

宮尾登美子　〈レジェンド歴史時代小説〉東福門院和子《まさこ》の涙(上)(下)
宮本　輝　ひとたびはポプラに臥す1〜6
宮本　輝　骸骨ビルの庭(上)(下)
宮本　輝　新装版二十歳《はたち》の火影《ほかげ》
宮本　輝　新装版命の器
宮本　輝　新装版避暑地の猫
宮本　輝　新装版　ここに地終わり　海始まる(上)(下)
宮本　輝　新装版　花の降る午後(上)(下)
宮本　輝　新装版　オレンジの壺(上)(下)
宮本　輝　にぎやかな天地(上)(下)
宮本　輝　新装版　朝の歓び(上)(下)
宮城谷昌光　俠骨記
宮城谷昌光　夏姫春秋(上)(下)
宮城谷昌光　花の歳月
宮城谷昌光　重《ちょう》耳《じ》(全三冊)
宮城谷昌光　春秋の色
宮城谷昌光　介《かい》子《し》推《すい》
宮城谷昌光　孟嘗君　全五冊
宮城谷昌光　春秋の名君

宮城谷昌光　子産(上)(下)
宮城谷昌光他　異色中国短篇傑作大全
宮城谷昌光　湖底の城一〈呉越春秋〉
宮城谷昌光　湖底の城二〈呉越春秋〉
宮城谷昌光　湖底の城三〈呉越春秋〉
宮城谷昌光　湖底の城四〈呉越春秋〉
宮城谷昌光　湖底の城五〈呉越春秋〉
宮城谷昌光　湖底の城六〈呉越春秋〉
宮城谷昌光　湖底の城七〈呉越春秋〉
水木しげる　コミック昭和史1〈関東大震災〜満州事変〉
水木しげる　コミック昭和史2〈満州事変〜日中全面戦争〉
水木しげる　コミック昭和史3〈日中全面戦争〜太平洋戦争開始〉
水木しげる　コミック昭和史4〈太平洋戦争前半〉
水木しげる　コミック昭和史5〈太平洋戦争後半〉
水木しげる　コミック昭和史6〈終戦から朝鮮戦争〉
水木しげる　コミック昭和史7〈講和から復興〉
水木しげる　コミック昭和史8〈高度成長以降〉
水木しげる　総員玉砕せよ！
水木しげる　敗走記

2018年12月15日現在